Ce n'est pas un mystère.

これはミステリではない

竹本健治

講談社

これはミステリではない

目次

◉

装幀　坂野公一（welle design）
装画　林タケ志
地図制作　釜津典之

これはミステリではない

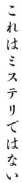

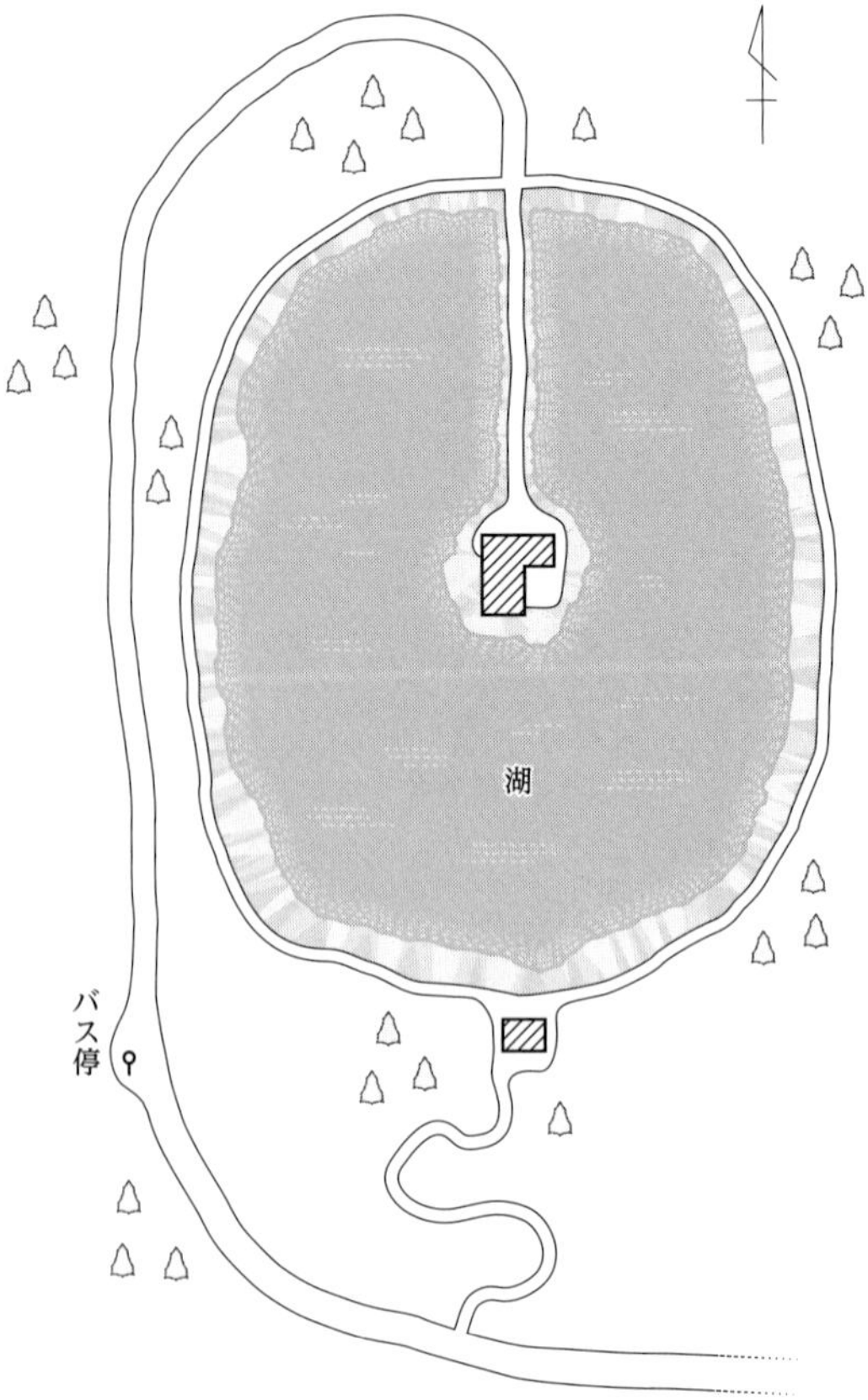

湖
バス停

犯人あて

夜霧――。

だが、それほど濃くはない。

そのむこうに見えるのは深い森だ。

どこまでも続いているかのような深い森。そしてその中央にぽっかりと開けた空間がある。闇《やみ》と霧のせいで湖面まではは っきりと見て取れないが、湖だろう。

その湖のなかにぽつんと建物の姿が見える。古城というほどの大きさではないが、通常の一軒家よりははっきり大きい。影の輪郭からして、二階建てのペンションという風情《ふぜい》だ。正面に見える玄関にぼんやりした光が霧に滲《にじ》んでいるほかは、どの窓にも明かりは灯《とも》っていない。

そんな光景がわずかの変化もなく続いていたが、ふとその一角にかすかな光が見えた。霧のせいでぼんやりと滲んだように暈《かさ》がかかっている。いったん見えたその小さな光はちらちらと瞬《またた》きながら、湖のむこうをゆっくり横切るように動いていた。

自動車のヘッドライトだろう。左から右へ移動していた光は湖の端まで来ると向きを変え、次第に光を強めるようにこちらへ近づいてきた。

やがて光は左に向きを変え、そこからさらに大きくまわりこむようにして、進行方向をまっすぐ湖に向けた。テールランプの赤がゆっくり建物に向かっていく。どうやら湖畔と建物のある小島は突き出た岬で繋《つな》がっているらしく、光は滞《とどこお》りなく水上を渡って建物の玄関前に着いた。

霧のせいで、人が乗り降りする様子までは見えない。

やがて車は方向転換し、これまで辿《たど》ってきた道筋をそのまま逆戻りしていった。

その光が再び消え去らないうちに、建物の二階右端の窓に明かりが灯った。

それが午後十時くらいのことだった。

*

河口栄太《かわぐちえいた》が前乗りで来たのは、生来の宵っ張りのために当日早起きする自信が全くないせいで、そのことは彼が宝条《ほうじょう》大学のミステリクラブの部員として、この保養所で行なわれる合宿に参加するときの恒例となっていた。そもそも彼が作家という職業を志望しているのも、毎朝決まった時間に通勤するような仕事は到底《とうてい》無理だという想いが根っこにあったからだと思う。

それでも普段なら明け方の五時くらいまでうだうだしているのだが、昼くらいにはメンバーが何人か揃《そろ》うはずなので、どうにか夜中の三時までには寝るようにしようと決め、ベッドに寝転がって読みかけのミステリを開いた。

　宝条大学が所有するこの保養所には六畳の洋室が八部屋、十二畳の洋室が二部屋ある。深い森に包まれた湖の中央の小島にぽつんと建っているだけあって景観は最高だが、何しろ便が悪く、近辺にこれという観光スポットもなく、いちばん近い店ですら車で二十分、最寄りのバス停まで徒歩で二十五分はかかるので、長期の休暇期間をはずして年に二度行なわれる合宿はたいがいいつも貸し切り状態だった。

　河口のように前乗りで来れば二泊になるが、合宿自体は基本一泊で行なわれる。そしてそのメインの行事は〈犯人あて〉だ。宝条大ミステリクラブは十五年前に創設されたときから代々この〈犯人あて〉を大きな伝統としている。具体的には部員の一人が〈犯人あて〉の小説を書き、一日目の昼過ぎにその問題篇のコピーが配付され、書いた本人によって読みあげられる。ほかの部員たちはそれを推理し、犯人と推理した過程を書いた解答を夜半までに提出する。そして翌日に解決篇が読みあげられ、寄せられた解答の採点と、作品に対する合評が行なわれる、というものだ。

　出題者は立候補制で、もしも誰も手を挙《あ》げる者がいない場合、四年生たちが能力のありそうな者を見込んでお前がやれと指名することになっている。だが、このクラブ出身者から作家になった者が数名いることはミステリファンのあいだではよく知られ、それに憧れてこの大学を目指す者も多いとあって、他大学に較べて近年ますます創作熱が盛んな状況のなか、手を挙げる者が複数いる場合も珍しくなかった。

　河口自身も去年の合宿で出題者を担当した。結果、反応はまずまずといったところだろうか。少なくとも歴代の出題作の平均よりは好評価だったと受け止めている。そして今回の出題者は同じ三年生の山中達也《やまなかたつや》だ。あいつも創作志向が高くて、普段、クラブの機関誌にもなかなかいい作品を発表している。そのくせ作家を目指すつもりは毛頭《もうとう》ないということなので、そんなあいつのほうが歴代上位クラスの作品を書いてきたりしたらちょっとヤだな——などという雑念がついつい浮かんでくるのを振りはらい振りはらい、河口は読書に神経を集中した。

　どのくらいたった頃だろうか、ふと視界の隅にチラと光が射《さ》したような気がして眼をあげた。どうやら窓のむこうの霧に光が映ったらしい。西側の窓だ。何だろうとベッドを降り、窓に顔を寄せると、狭霧《さぎり》を透かして車のヘッドライトが大きく迂《う》回《かい》していくところだった。ほどなく車は北側の窓の先へとまわりこみ、やがてこちらに正面を向けると、まっすぐ建物の玄関に近づいてきた。

　誰だろう。うちのクラブ以外に客はいないと聞いていたが。そう思ううちに車は玄関前まで来て横づけし、後部のドアから現われたのは当の山中達也だった。そして車は再び向きを変え、テールランプの赤を霧に滲ませながらゆっくり遠ざかっていった。

そういえば前回、河口が前乗りで泊まっていたことを知って、山中が「あ、それいいな。どうせ宿泊費は格安なんだし、僕も次からそうしよう」と言っていたのを思い出し、あいつ自身そのことを忘れていなかったんだなと納得した。

それとも出題作の最後の仕上げをここでやろうとしているのだろうか？　そんな想いもあって、こちらから会いに行くのは控えることにした。会いたいならむこうから訪ねてくるだろう。それに読書のほうもそろそろ佳境にはいっている。ベッド脇のデジタル・クロックで十一時であることを確かめ、残りのページ数からして、このままならちょうど三時頃に読了できそうだった。

結果、山中のほうから訪ねてくることはなく、読書はずんずん捗《はかど》った。読み終わったのは二時半。いくつか不満点がないでもなかったが、まず上々の快作だ。ああ、俺にもこれくらいのものが書ければなあ。いや、そのうちきっと書いてやるぞ。そんな決意を胸に刻みながらベッドスタンドを消し、掛け布団をたくしあげた。

ふとぽっかりと眠りから覚めた。眼をあけると何時間か前と同じように窓のむこうの霧に光が映っている。また誰かが車でやってきたのだろうか。ベッド脇のデジタル・クロックに眼をやると、四時二十七分。まだ夜も明けていないこんな時間に？　けど、まあいいや。そんなこともあるさと再び眼を閉じた。

河口はすぐに再び眠りに落ちた。今度の眠りは深かった。

＊

本栖忠幸《もとすただゆき》は欠伸《あくび》を嚙《か》み殺しながら学生寮の門の前で車を待った。約束の七時半きっかりに後輩の西《にし》が運転するセダンが着き、本栖は助手席に乗りこんだ。

「時間に正確だな。大変よろしい」

本栖は鷹揚《おうよう》に頷《うなず》いてみせた。

「どうします？　高速を使いますか？」と、西。

「高速に乗るとかえって遠回りだから、たいして短縮できないだろう。一般道でいいよ。ガソリン代は出すから」

「この車、軽かと思うくらいに燃費いいんすよ。うちからでも片道二時間で、大してガソリンも喰《く》わないし」

「山道のアップダウンもあるし、人一人ぶんの加重もあるから多少は違うだろう。往復で二千円でいいか」

「じゃ、帰りに峠の蕎麦《そば》屋で天ぷら十割蕎麦大盛りってことで」

「それでいこう。くれぐれも安全運転でな」

彼らのミステリクラブには自分の車を持っている者が二人しかいない。西以外のもう一人は今回の合宿には不参加だ。本栖も免許だけは取っているものの、寮は大学のすぐ近くだし、月々の車庫代も馬鹿にならないからということで、親に自分の車を買ってもらえなかった。

その不満を本栖はこぼし、

「その点、お前はいいよな。学生の分際で庭つきの借り家だし」

「借り家っていっても崩れそうなボロ家で、車庫もないから車は裏庭で雨ざらしですけどね」

そうはいっても西の実家は開業医ということだから、本栖のところよりも裕福なのは確かだ。何よりひと間をそっくり書庫として使っているのが羨《うらや》ましい。最近は電子書籍という利器はあるものの、ミステリマニアという種族にとって紙の本への所有意識は捨て難く、また実際電子で読めないものも多いので、うちのクラブも本の置き場所に苦労している者が大半なのだから。

「今回の〈犯人あて〉は山中さんだから愉《たの》しみですね」

西はさりげなく話題をそらしたが、

「お前も次は出題側にまわれよ。お前の〈奇妙な味〉は俺も評価するが、一度くらいガチガチの本格ものにチャレンジするのも勉強だろう」

「アイタタ。そういう流れになりますか。まあ本栖さんは一年のときに〈犯人あて〉の傑作を書いてて、王道の本格まっしぐらですもんね。そろそろ賞への応募とかやってんすか」

「まあ、それは企業秘密としておこう」

「ああ、やっぱりやってんだ。河口さんも今度の淀川《よどがわ》賞狙《ねら》ってるくさいし。もしデビューしたら何かと宜《よろ》しくお願いしますよ」

「分かった分かった」

そんなことをあれこれ喋《しゃべ》りあっているうちに県境を越え、景観はどんどん山深い緑へと移り変わっていった。長いトンネルを抜けたあたりから霧も出てきて、本栖は何度となく「慎重にな」と繰り返したが、濃霧というほどではなく、すれ違う車もほとんどなかったので、それほど時間を喰わずにすんだ。

目的の保養所に着いたのが九時頃だった。車を建物の裏手にある南側の車庫に停め、二人は玄関前に引き返しながら、

「河口さんはいつも通り前乗りで来てるんでしょうね」

「遅寝遅起きだから、まだ眠りこけてるんだろうがな。ほかの連中も昼近くになるだろうから、俺はそれまで散歩でもしようかな」

「僕は読みかけの本がもうちょっとなので」

そうして二人はそれぞれ適当に好きな部屋の確保に向かった。

*

保養所が建っている小島は細くのびた岬によって北側の湖畔へと繋がっている。湖の周囲には舗装された細い遊歩道がぐるりと巡っていて、ひとまわり歩くと一時間ほどかかることはもう何度も探査済みだった。

本栖はその遊歩道を右まわりに散歩することにした。歩きはじめてまもなく、周囲の霧がさっきより濃くなっているような気がした。

そうだ。確かに濃くなってきている。はじめは朧《おぼ》ろげながら保養所の建物全体が見えていたが、今は下のほうからぼんやりと薄れて、輪郭も見て取りにくい状態だ。そのまま湖の東側を辿っていくうちに、周囲の森にかかる霧全体も白濁の度合いを増しているのが実感できた。

湖の南側に近づいたところで、こぢんまりしたログハウスが浮かびあがった。保養所の管理人が寝泊まりする場所と聞いている。常時そこに住んでいるのではなく、保養所に利用者の予約がはいった日だけ来ているらしい。去年に一度ちらりと見かけただけだが、四十代のずんぐりした男という記憶があった。

そういえば保養所とこんなに離れていて不便ではないかと不思議に思ったことも思い出した。それにもうひとつ、遊歩道は車が通れるほどの幅がなく、それなのに保養所の車庫で管理人のものらしい車を見かけない（現に先程《さきほど》もそうだった）ことも不思議に思った。とすると、管理人は自分の車でここに来ているのではないのだろうかと。

疑問の一端はすぐあとに解き明かされたが、このログハウスの南側には保養所への車道から途中で枝分かれした道が繋がっていて、駐車スペースも裏手にあるらしい。

そんなことを思い出しながらログハウスのすぐ前まで来たが、ひっそりと静まり返って人の気配は感じ取れない。振り向くと保養所はいっそう深く霧に包まれ、今にも溶《と》けこんでしまいそうだ。このまま遊歩道をひとまわりしないうちに完全に見えなくなってしまうだろう。

こんな状況で後続の連中はすんなり来られるのだろうか。まさか濃霧のせいで通行止めになってしまうなんてことはないだろうが。本栖はそう考えながら周回の後半にはいったが、西側の中程まで来ると保養所の姿どころか、遊歩道を踏みはずさずに辿るのにも苦労するようになった。

心細い気持ちで帰り道を急ぐうち、かすかに自分のものではない足音が聞こえてきた。遊歩道のもっと西側にある車道からだろう。その車道とこの遊歩道のあいだは密生した繁みのためにちょっとやそっとでは行き来できない。むこうも霧の深さは同等だろうが、本栖よりもずいぶん歩みが速いようで、やがて彼の脇を追い越すようにして遠ざかっていった。

本栖が保養所に戻ってしばらくのち、大回りの車道を歩いて新たにやって来たのは四年生の精進佳奈美《しょうじかなみ》だった。

「ジャスト十時か。ああ、参った。普段なら黒谷駅《くろたに》から最寄りのバス停まで十五分のところ、この霧のせいで四十五分もかかっちゃって」

佳奈美は大柄な体を揺するようにしてリュックを背からおろし、玄関ロビーのソファに腰を投げ出した。

そんなところに西も顔を出して挨拶《あいさつ》した。

「まだこの二人だけ？」

「河口が前乗りで来てるはずです」

「ああ、そうか。そうだったよね」と、佳奈美は頭に手をやる。

「それより、あとの連中が無事に来られるかどうか」

「この霧だものね。まだ霧が深くなってきてるようだから、後続部隊は相当苦労するわよね、きっと」

そんなことを言うそばから西のスマホに電話がかかってきて、

「黒谷駅で五人、バスの運行停止で足止めを喰らってるそうです」

「ああ、やっぱり」

そして佳奈美はよっこらしょと腰をあげ、

「とにかく、もうそろそろ河口君も起きてきていい頃じゃないの。部屋はどこ？」

「いつもは二階の西端の部屋ですから、きっとそこでしょう」

けれどもそんな騒ぎで眼を覚まされたのだろう、ソファのすぐ奥にある階段の上から、「あ、精進先輩、お早うございます」と、パジャマ姿の河口のほうから顔を覗《のぞ》かせた。

「この霧は昨夜から？　ほかの人たちは駅で立ち往生してるらしいの」

「あ、そうなんですか。山中は昨日から来てますけどね」

佳奈美は大きく眼を見開いて、

「山中君も？　何しろ今日の主役なんだから、それは賢明なチョイスだったわね。同じ部屋に？」

「いいえ。来たのを窓から見ただけで顔はあわせてないですし、どの部屋で寝たかまでは」

「西君、ちょっと見てきてくれる？」

「了解」

西は元気よく答えて廊下の一方に消え、河口も服を着替えに部屋に戻った。

「実際、後続の連中はいつ頃来られますかねえ」と、本栖。

「タクシーでもこの霧じゃどうにもならないだろうし、目的地がここだと言ったら断られちゃうかもね」

「結局、霧次第か」

ここで説明しておくと、宝条大ミステリクラブは事実上の幽霊部員を除くと現在十五名で、そのうち今回の合宿への参加メンバーは十名。従ってここに既に五人が集まっているということは、残りの五人全員が黒谷駅で足止めを喰っていることになる。

そうこうしているところに、不意に玄関からずんぐりした風体の男が現われ、二人をびっくりさせた。管理人だった。

「驚かせてすみません。何しろこの霧ですので、どういうことになっているのかと様子を窺《うかが》いに参りました」

管理人は申し訳なさそうに何度も頭を下げた。

「いえいえ、どうも。今回もお世話になります」

佳奈美が慌てて頭を下げ返したそのとき、

「うわあああっ！」

西の悲鳴が建物じゅうに響き渡った。

「先輩、先輩、来てください！」

言われるよりも早く、二人は西が向かった廊下の方向に駆け出した。そちらに踏みこむと、西はいちばん奥のドアの前にいて、慌ててこちらに早く早くという仕種《しぐさ》をしてみせた。

「どうした！」「何が――」

言いながら駆け寄り、ドアからその部屋を覗きこんだところで、二人はビクンと体をつっぱらせて立ち止まった。

掛け布団を撥《は》ねとばし、ベッドで山中が倒れていた。パジャマなどではなく、普段通りの服装だ。こちらに向かって胸から上がずり落ちるような恰好《かっこう》になっているので、表情がまともに見える。顔じゅう紫色にふくれあがって、眼は半開き、口も激しい苦悶《くもん》を伝えるように大きく歪《ゆが》んでいた。

管理人と河口も後ろに詰めかけ、息を呑《の》んだ。それに押し出されるようにして本栖が恐る恐るベッドに近づいた。既に絶命しているのは明らかだ。間近で見ると、山中の首にビニール紐《ひも》がきつく巻きつき、恐ろしく深く喰いこんでいることがすぐに知れた。荷物の梱包に使われるような、ねじりのついているタイプのビニール紐だ。

「これだ！　絞め殺されてる！」

「ああああああ」

佳奈美がガクガクと体を震わせ、ぺたんとドア口でへたりこんだ。まるでそれにつられるように管理人もヘナヘナと膝《ひざ》をついた。

「これは……間違いなく殺人だよな」と、震える声で河口。

「あ……ああ。いわゆる吉川《よしかわ》線というやつもついてる」

「いったい誰が……」

「警察！　それと、無駄だろうが救急車も！」

本栖の大声に、西が急いでスマホを取り出した。電話が通じてすぐに管理人に住

所を訊《き》き、あとは廊下に出てひと通りの状況を伝えていたようだが、

「呼びましたけど、この霧ですから到底すぐには来れないでしょうね」

「その前に、俺たちでできるだけ事実確認をしておこう」

本栖の呼びかけに、ほかの面々はゆるゆると頷いた。そんななかで河口は「落ち着け、落ち着け」と自分を叱咤《しった》するように膝を拳骨《げんこつ》で叩《たた》いていたが、

「俺からひとつ確認しておく。死体を見つけたのはお前か？」

「あ、はい。そうですが」

「部屋には鍵がかかっていたか？」

すると西は妙な具合に口を曲げて、

「いえ、残念ながらというか、密室ではなかったです。ドアはすんなり開きました」

「そうか」と、河口は少々肩透かしを喰ったように肩をすぼめた。

「死亡時刻はいつ頃かしらね」

ふと洩《も》れた佳奈美の呟《つぶや》きに本栖が、

「現場保存は殺人事件の鉄則だが、まあちょっとくらいいいだろう」

そう言ってハンカチを取り出し、それを手に巻くようにして死者の顔に手をのばした。そうして顎《あご》や首のあたりをさわっていたが、

「死後硬直が出はじめてるようだ。二、三時間というところじゃないかな」

「それ、確か？」と、佳奈美。

「専門家じゃないからもちろん自信なんてないですが」

憂鬱《ゆううつ》な顔で本栖はハンカチをしまった。

「二、三時間とすると、死んだのは七時から八時？」

「僕らは車でここに来る途中だ！」と、西。

「私もそうだけど、電車のなかでアリバイは確認できるかなあ」

佳奈美が不安げな色を覗かせると、河口の頰《ほお》にひりっと痙攣《けいれん》が走った。

「アリバイってことじゃ俺がいちばん不利だな。何しろ同じ建物でぐっすり眠りこけてたんだから――」

しかしそう言ったところでふと眉《まゆ》をひそめて、

「ちょっと待てよ。夜中にほかに誰かが来たな」

その言葉に佳奈美が眼を見張って、

「誰か来た？　ちょっと待って。最初から順序立てて説明して。あなたと山中君はそれぞれ何時に来たの」

その要請に、河口はひとつひとつ確かめるように記憶を辿った。自分が着いたのは夜の十時で、その頃には既に霧が出ていた。山中の到着を二階の窓から確認したのが十一時。そして二時半過ぎに就寝したが、四時二十七分にふと眼が覚めたとき、山中が来たときと同じように窓の外の霧に車の光が映ったのを見たことを――。

「そうだよ。夜明け前の四時半頃、誰かがここに来たんだ」

河口はそう言って面々の顔をぐるりとひと渡り見まわした。

「そいつがやったんですかね。けど、殺害時刻が本栖さんの見立て通り七時八時だとすると、それまで三時間前後の時間的な開きがありますが」と、西。

「なかなか決心がつかなかった……？　それとも最初は殺すつもりはなくて、それだけの時間がたったあとで殺害の動機が生じたということかしら」

「それが誰にせよ、山中が昨夜のうちにここに泊まりにくることを知っていたかどうかは大きな問題ですね」

「そうよね。山中君がほかの人たちにそのことを言っていたかどうか確認する必要があるか」

本来なら「その証言は本当か」という疑惑を抱かれてしかるべきだし、誰よりも河口自身がそのことを承知していたが、誰もあえてそれを口に出さず、四時半に訪問者がいた前提で話を進めてくれていることにはやはりほっと胸を撫《な》でおろす想いだった。

「そういえば、こうなってしまった以上、もう合宿は中止でしょう。駅で足止めを喰ってる連中にはそのまま帰ってもらったほうがいいんじゃないですか」

西が言うと佳奈美も「ああ、そうね」と頷き、

「どのみち山中君がいないと〈犯人あて〉はできないんだし」

そう言ったところで、自分の言葉の奇妙さに気づいて口の端を曲げた。

西が再びスマホを取り出すのを機に誰からともなくゆるゆると廊下を戻り、場所をロビーに移した。

西は電話に出た相手に事情を伝え、そのまま引き返すよう促したが、それにはすんなりああそうですかというわけにいかず、長々とすったもんだの応酬が続いた。そしてようやく「では、そういうことで」とやりとりを打ち切ると、

「そんなおいしい状況から俺たちを締め出す気かと、ぶうぶう言われちゃいましたよ。それと、前乗りするつもりだというのを山中さんから聞いたかどうかも確認しましたが、一人だけ事前に聞いてたそうです」

「そうなの。では犯人もそれを知っていたと考えていいんでしょうね」

「ほかに推理の手がかりはないのかな」

ぽつりと本栖が呟くと、

「あのう」

そこでオズオズと口を開いたのは管理人だった。

「私、朝に湖を一周しました。はい。こちらに来ているときはそれを日課にしておりますもので」

四人ははっと体ごと向きなおった。

「それは何時頃に?」と、河口。

「ご存知かどうか、私が寝泊まりしているログハウスは湖のちょうど真南にありま

す。いつも朝の六時に起き、六時半に家を出て、ぐるりと湖を一周するとほぼ一時間なのですが、今朝も戻ったのがぴったり七時半でした」

「その間、何か気づいたことはありませんでしたか？」と、佳奈美。

「今ほど霧は深くなかったので、おおよそこの建物の様子は見えましたが、特に変わったことは、別に」

「車庫は見えましたか。そこに車があったかどうか」

本栖の質問に管理人はえっというふうに大きく眉をひそめて、

「車ですか。……うーん……ああ、そうだ。車はなかったですね」

「それは確かですか？」

「前日からお泊まりの方がいらっしゃるということでしたから、車はあるだろうかという頭で見たので、ええ、それは間違いありません」

「家を出てすぐからそうだったんですか」

「ええ、ええ、そうです。家を出ると、まっすぐ正面に建物が眼にはいるものですから」

管理人は何度も首を縦に振った。

「六時半に車はなかった……？」

首をひねる佳奈美に、

「いや、でも、車は車庫でなく、玄関前に停めていたのかも知れませんよ」

西がその可能性をあげたが、管理人は首をひねりひねり、

「いえ、私が湖の東側から建物を見たときも玄関前に車はなかったと思いますが。あれば気づいていたはずです。はい」

「やっぱり車はなかったのか」と、唸《うな》る本栖。

「どういうこと？　犯人は自分の車ではなく、タクシーで来たの？　で、ここから立ち去るときもタクシーを呼んだってこと？」

「さすがに殺人のあとにタクシーは呼ばないでしょう。徒歩で立ち去って、タクシーを使ったとしてもここから充分離れたあとじゃないですかね。それに、これが不思議に思えるのはあくまで本栖さんの見立てが正しいというのが前提で、もしも死亡時刻が六時半より前だとしたら、犯人は自分の車で来て、その車で帰ったと考えていいわけですから」

　今度も注文をつけたのは西だった。いつもはクラブ内でも一目置かれている三人だが、深刻な状況に置かれた河口はもちろん、ほかの二人も立場の重みが縛りになってしまうのか、どうやら気楽な立場の西がいちばん頭がまわっているらしい。

「あとは動機の問題だな。どんな理由で山中が殺されたのか」

　それを取り戻そうとするかのように本栖が視点を変えた。そこで河口も、

「可能性がゼロとは言えないが、全く縁もゆかりもない通り魔の犯行とは思えないよな。わざわざこんな場所を選んでることからしても、犯人が部内の人間であるの

は間違いないだろう。それでも動機は到底絞りこめないが――」

そこでいったん間を置いて、

「ただ、このタイミングからして、山中が〈犯人あて〉を披露する役割だったことが関係しているとは考えられないか？」

その指摘に佳奈美も、

「ええ、それは当然考えられるわよね。その線でちょっと考えてみない？〈犯人あて〉を披露しようとしていた山中君を殺したのはなぜか」

すると本栖がはっと顔をあげ、

「もしかして今日の〈犯人あて〉それ自体を中止させることが目的だったのか？」

その言葉に、数秒の沈黙が割りこんだ。

「どういうことだ？今日の〈犯人あて〉を中止させて犯人に何の得がある？」

くしゃくしゃと髪を掻《か》きまわしながら自問する本栖に、

「その問いかけは面白いですけど、いきなりちょっと針が振り切れすぎでしょう。見方を少し戻して、犯人の狙いは山中さんの作品だったんじゃないですか。犯人が事前にその内容を知る機会があったとして、彼、もしくは彼女は、それをどうしても発表させるわけにいかなかった、とですね」

西の指摘に、佳奈美がはっと腰を浮かせ、

「山中君の作品――！」

その言葉に、河口と本栖も山中の部屋の方向に顔を向けた。先に足を踏み出したのは本栖だった。すぐに駆け足になりながら一団は山中の部屋へ逆戻りした。

山中は最前と同じ姿でベッドから半分ずり落ちている。そしてリュックはベッドの頭側に立てかけられていた。

「この際、いいよな」

本栖は誰にともなく言い訳のように呟いて再びハンカチを取り出し、リュックのジッパーを引きあけた。そうしてしばらくガサガサとなかを探《さぐ》っていたが、

「ないな。それらしい原稿はない」

「ない？」

管理人を除くほかの面々も先を争うようにリュックのなかを覗きこんだが、確かにそれらしいものは見あたらなかった。

「普通、プリントアウトして原稿のかたちで用意してくるわよね」

「ええ。山中さんがスマホやタブレット画面で読みあげるタイプとは思えないです。そもそも人数ぶんコピーを配るのが恒例だし」

「だとしたら犯人が持ち去ったとしか考えられないな」と、本栖。

「同時に、犯人はやっぱり事前に内容を知っていたんでしょう」

自信たっぷりに西が言い切った。

「そうでしょうね。でも、なぜ犯人は山中君の作品を抹消しようとしたのか」

するとそこで河口が、

「それにはおおよそふた通り考えられるだろう。ひとつはその作品があまりにも傑作なので、犯人はそれを自分のものにしようとした。そのままのかたちでじゃないだろう。要《かなめ》のトリックだかロジックだかを使って、自分なりの作品に仕上げようというわけだな」

そこでいったん言葉を区切り、

「もうひとつは山中の作品のなかに、発表されると犯人にとって都合の悪いことが書かれていたというケースだよ。その内容までは分からないが、殺人を犯してまで闇に葬りたいような事柄だったわけだ」

「いつもの調子が出てきたわね。あなたはどっちの可能性が高いと思う？」

佳奈美は鋭い眼で訊き返した。

「さあて。話としては後者のほうが面白いかな。ただ、それだと山中の作品は永久に我々の眼にふれる機会を失ってしまうわけだが――」

するとは西がはっと指を突き立てて、

「いや、山中さんの家のパソコンにはファイルが残っているはずですよ。それさえ調べれば！」

しかしそれには本栖が、

「犯人がそんなことに気づかないはずがあると思うか。山中よりもかなり遅れてここに来たからには、既にファイルも抹消したか、パソコンごと持ち去ったに決まってる」

「ああ、そうか」と、西も今度は一本取られたという面持ちで頭を掻いたが、

「それでも念のため、そのことを警察に進言しておく必要はあるわね」

佳奈美は山中の遺体にちらりと眼をやりながら宣言した。

*

最初のパトカーは一時間近くかかって、十一時頃に到着した。後続の本隊が到着するにはさらに時間がかかるだろうと思われたが、幸いなことにその少し前から霧が薄くなりはじめたので、十一時半過ぎにはひとまずの捜査態勢が整った。

いったん事の経緯を聴き取った上で、管理人を含めた五人は昨日の夜からの行動を改めて詳しく聴取された。今回の合宿に参加する予定だった者全員のリストを求められたのは、彼らにも聴取を行なう必要があると判断されたためだろう。むろん、質問の内容は山中の人となりやクラブ以外の交友関係などにも亘《わた》った。また、建物内の捜索と並行して彼らの持ち物検査も行なわれたが、それらを事細かに書き連ねるのは煩雑になるだけだから割愛しておこう。

書いておかなければならないことの筆頭は、死亡推定時刻が午前七時プラスマイ

ナス三十分とされたことだ。アリバイ確認の際に明かされたその情報は彼らを驚かせた。

「先輩の見立て、かなりいい線でしたね」

西が感心した口ぶりで本栖に耳打ちした。

「それにしてもびっくり。山中君が殺害されたのは最大限早く見積もっても六時半。だけど管理人さんの証言によれば、その時刻には車庫に車はなかったという。ということはやはり犯人は自分の車ではなく、タクシーか何かでここに来たの？　そして徒歩でここから立ち去ったと――」

ひと通りの聴取がすんだあと、再びロビーの一角に顔を寄せたところで、佳奈美が小声で切り出した。

「意外ですよね。でもまあ、犯人が免許を持っていなければ仕方ないでしょう」と、西。

しかし佳奈美はしきりに首をひねって、

「それはそうだけど……でも、そういう人物が人を殺すのに、実際わざわざこういう場所とタイミングを選ぶ？」

「だからそれだけ差し迫っていたということじゃないですか？　犯人が山中さんの作品の内容を知ったのがごく最近だったので――」

そこで西ははっと腰を浮かせるようにして、

「いや、犯人がそれを知ったのはまさにここに来たあとだったかも！」

あくまで抑えた声で鋭く言った。ほかの者もはっと眼を見張り、

「そうか。そうすると犯人が四時半にはここに来たのに、殺害に踏み切ったのが七時前後というタイムラグにも説明がつくな」と、本栖。

「そうだ。きっとそうに違いない」

警察にいちばん疑われているはずの立場のせいでずっと憂鬱そうにしていた河口だったが、その彼も興奮気味に何度も首を振りおろした。

「いい感じ、いい感じ。ほかにも何か推理できることはある？」

いっそうひそめた佳奈美の声に、ほかの三人も眼を輝かせるように顔を寄せる。

そんなやりとりを今は浜名《はまな》と名前の分かった管理人がいったいこの連中は何だろうという顔で眺めていた。

＊

その後の司法解剖によっても死亡推定時刻の幅は変わらなかった。凶器となったビニール紐は三重に巻かれ、深く喰いこみ、端は団子結びになっていた。指紋は採取されなかったという。ほかにも犯人のものらしい遺留品は見つからなかった。紐を解こうとしてあがき苦しむときに被害者が自分の首に残す吉川線という引っ掻き

傷が明瞭《めいりょう》に見られ、また爪《つめ》には本人の皮膚片や血液だけが残っていた。

警察の調査と彼ら自身の調べでも明らかになったことだが、事前に山中が前乗りで保養所に行くというのを聞いていた者は合宿参加メンバーである一年生の諏訪星羅《すわせいら》の一人だけだった。また、山中が出題する〈犯人あて〉の内容については合宿不参加組である四年生の十和田彰彦《とわだあきひこ》が「今回はちょっとしたモデル小説にもなっている」という言葉を聞いたということだった。

「モデル小説？　具体的にどういうことなの」

精進佳奈美がそう言って首を傾《かし》げたのは事件の二日後、大学近くのファミレスでのことだった。河口、本栖、西のほか、呼ばれて十和田と諏訪星羅も顔を並べている。報道陣の眼をかわすために部室を避け、なおかつなるべくコンパクトにということでの人選だった。

「どうやらうちのクラブがモデルになってるってことらしい。登場人物の一部か全部かは分からんが」と、十和田。

「そうなの。内容について、ほかに何か聞いてない？」

「舞台もあの保養所がモデルと言ってたよ」

「えっ？」という声がいっせいにあがった。

「そこで誰が、どんな死に方をするの？」

「俺も訊いてみたんだが、そこまでは明かさなかった。ただ、ロジック部分でちょっと変則的なことをやってるとは言ってたかな」

「変則的なこと？　何かしら。何だと思う？」

佳奈美は首をひねりつつ一同を見まわす。

「それじゃちょっと手がかりが少なすぎますよ」と、本栖。

「うーん、変則的なことねえ。超論理ってやつを持ちこんでるのかな。とにかく、それだけじゃ雲をつかむような話だ」

河口も苦い顔で腕組みした。

「ともあれ、山中君の作品がうちのクラブをモデルにしているらしいという点では、犯人がその作品を奪った理由が、それのアイデアを盗用するためというケースより、内容が犯人にとってマズいものだったというケースのほうが可能性は高くなったといえるかしらね」

「でしょう。きっとそうですよ。ただ、そうなるとその作品は完全に抹消されたでしょうから、もう二度と読めないのが残念ですね。山中さんのパソコンも部屋からなくなってたということなんでしょう？」

西の問いかけに佳奈美が、

「ええ。そうらしいわ。彼のアパートは安普請《やすぶしん》で、ドアの鍵も単純なものだったから侵入は容易だったみたい。山中君が保養所に向かったあとで侵入したに違いないけど、まわりの住人で怪しい人物やそれらしい物音を見聞きした人はいないって。

おまけに彼の所持品のなかからスマホも消えてるそうだし。むろん、電話をかけても応答なし」

「念の入ったことだ。そっちでも手がかりなしということか。ふうむ」

十和田が唸りながら顎を撫でさすった。

「そうなるとあとはやっぱりアリバイの問題ね。もう一度整理してみましょう」

佳奈美はアイスコーヒーで咽《のど》を潤しつつ、星羅にメモを取るよう指示した。

「まず河口君だけど、保養所にタクシーで到着したのが前日午後十時。十一時頃に山中君がタクシーで来たのを目視。午前二時半頃に就寝して、四時半にいったん目覚め、車らしい光が霧に映るのを見て、またすぐに眠りに戻り、十時に私が到着したのを聞きつけて起床、とこんな具合だったわね。ほかにつけ加えることはある?」

「いいえ、何も」

「次はひとまとめに西君と本栖君。西君は午前七時に車で家を出た。途中、七時半に本栖君を寮の前で拾い、そこから一路保養所に向かった。到着したのが九時頃。それから西君は読書、本栖君は湖を一周して時間をつぶした。そしてその間、どんどん霧が濃くなってきた。九時四十五分くらいに、遊歩道から木立を隔てて車道を歩く私の足音を聞いた。そして十時に玄関ロビーで私と合流、とこんな具合ね」

「ええ」「その通りです」

「車で西君の家から保養所まで二時間。本栖君の寮からでも一時間半かかる。死亡推定時刻の上限の六時半に殺害したとしても、本栖君ですら一時間で寮に戻ることはできない。よってこの二人は完全なシロ」

そして佳奈美はちょっと口をすぼめ、

「さて、この私だけど、アパートを出たのが午前六時半。幸い、これはそのとき挨拶しあったご近所のおばさんが間違いないと証言してくれたみたい。やっぱり人間、挨拶はしておくべきものよね。よって私も完全にシロ。念のためにその後の経過も言っておくと、電車とバスを乗り継ぎ、最寄りのバス停に着いたのが九時半過ぎ。徒歩で保養所に着いたのが十時。これも特につけ加えることはないわ。

管理人の浜名さんのことも言っておかなくちゃね。午前六時起床。六時半にログハウスを出て、そのとき保養所の車庫に車はなかった。六時四十五分より少し前には建物の玄関前が見えるところまで来たはずだけど、やっぱりそこにも車はなかった。そして一時間かけて湖を一周。ログハウスに戻ったのが七時半。そのあと、あまりの濃霧で保養所のほうがどうなっているのか気になり、九時半に再びログハウスを出て、十時過ぎに保養所に着いた」

「少なくとも証言ではそういうことでしたね」と、本栖。

「いちおう後続組の五人のことも検討しておきましょ。五人のうち三人が八時十分の電車に宝条駅で待ちあわせ、ほかの二人もたまたま偶然同じ電車に乗りこんだのよね。十時十分に黒谷駅に着いたときにはもう濃霧のせいでバスが運行停止。タクシーも保養所方面には乗せられないと断られたとか」

するると星羅が「ええ」と頷き、

「私は待ちあわせしていた三人の一人でした。あと一人は改札前でばったり出会い、もう一人はホームの喫煙コーナーにいるのを見つけて」

「電車だけで片道二時間かかるから、死亡推定時刻の上限の六時半に殺害したとしても、八時十分に乗車駅まで引き返すのは無理。よって五人は完全にシロね」

すると星羅はほっとした顔ながらも、

「合宿に参加しなかった方たちはどうなんでしょう」

「それは警察のほうで調べて、一人を除いて全員確認できたみたい」

「一人を除いて？　誰ですか」

「ここにいる十和田君」

さらりと出た佳奈美の言葉に、星羅はあっと口を押さえた。

「しょーがねーだろ。俺は河口と同じで宵っ張り派なんだ。自分のアパートで昼近くまでぐっすり寝てたんだからな。きっかり正午にバイト入りするまで」

そして十和田はこれだけは言っておかないとばかりに、

「ただ、言っとくけど、寝る前の夜中の三時頃にコンビニにタバコを買いに行って、それは店員が証言してくれたらしいから、保養所に四時半に車で行ったのは俺じゃない。何しろ俺んちから保養所まで車で二時間はかかるからな」

「クラブ内で、僕以外に自分の車を持っているのは十和田さんだけですからね」

西が情報を補足する。

「そう。車の到着の四時半から肝腎《かんじん》の死亡推定時刻まで大幅に開きがあるおかげで、そっちのほうではアリバイなしとはな。こいつは何とも理不尽だぜ。犯人はどうしてそんなにグズグズしてやがったんだろう」

不貞腐《ふてくさ》れた顔で十和田が言った。

「おまけに山中さんの作品の内容を部分的にでも聞いたのは十和田さん一人――」

追い討ちをかけるような西の指摘に、片方だけぎょろりと眼を剝《む》いて、

「俺が犯人なら、わざわざそんなことを自己申告すると思うか？」

そして二本目のタバコを取り出して火をつけ、

「参ったよ。これだけ人数がいて、クラブ内でアリバイがないのが河口と俺だけだとは。ただ、犯人がクラブ内の人間とは限らんだろう。クラブ外にはアリバイのない者がごまんといるはずだからな」

しかし佳奈美が残念そうに、

「だけどクラブ外の人間にはあんな場所とタイミングで山中君を殺せるとは思えないのも確かかね。まあ管理人さんは別として」

「とすると、犯人はどうでも俺、河口、管理人のうちの誰かでなきゃいけないわけか？　ああ、寝耳に水の事件にこんなかたちで巻きこまれるとは、いや参った」

十和田は天井に煙を吹きあげた。けれどもそこでおずおずと星羅が、

「そうはいっても、何だかしっくりこないのが正直なところですね。河口さんが犯人だとして、こんなふうにまるで無防備な状況に身を置くなんて、およそミステリマニアを自任する人間が選ぶ行動とは思えないです。これが小説中の探偵に向けてなら、そういうかたちで裏をかくということもあるでしょうけど、何しろ現実の相手はゴリゴリの現実主義の警察なんですから」

そこで河口がよくぞ言ってくれたとばかりに大きく首を頷かせた。

「十和田さんの場合も大同小異で、卑しくもミステリマニアを自任する人間なら、どうにか鉄壁のアリバイ・トリックを工夫しそうなものじゃないでしょうか。かといって管理人さんの場合はあまりにも動機が窺い知れなくて、実は今まで捕まらずにいる殺人鬼だったとでも考えるほかないですし」

そこで本栖が「いや」と口を挿《はさ》み、

「もしかすると隠された意外な動機があるのかも知れないぞ。管理人には小学生の娘がいたが、あるときその娘が乱暴されて殺されてしまった。犯人は杳《よう》として分からない。そのことで妻も鬱《うつ》になり、しばらくのちに自殺してしまった。いっぽう、自分が管理人として勤める保養所に定期的にミステリクラブが泊まりにきていたが、あるときたまたまひょんなことから、その一員である山中が娘を乱暴した犯人であることを知ってしまった……なんてのはどうだ」

「山中さんが幼女レイプ殺人をやらかすようなキャラとは思えないですけどね」と、西。

「だから、例えばだよ」

そこで河口も、

「なるほど。フー・ダニットである以前にホワイ・ダニットの問題だというわけか」

顎をさすりながら大きくふんぞり返った。

「だけど管理人と山中君のあいだに何か繋がりはないかというのはいちおう警察も調べてみてるんじゃない？」と、佳奈美。

「どうかな。所詮《しょせん》、田舎《いなか》警察だろ。どこまで細大漏らさず調べているやら」

十和田も皮肉な口ぶりでまた煙を吹きあげた。

星羅は両手の指を頭にあてて考え、

「じゃあ管理人さんに関しては撤回するとして、少なくともお二人に関してはどうにもしっくりこないです」

「ミステリマニアらしくないのは確かだな」と、西も腕組みしながら天井を見あげた。

そこで十和田が、

「何にせよ、俺を擁護してくれるのは有難いね。ただ、さっき、卑しくもミステリマニアを自任する人間なら鉄壁のアリバイ・トリックを工夫しそうなものだと言ったな。それでいけば、今アリバイがあるとされている連中のなかにそういう人物がいるかも知れないだろ」

すかさず星羅も強く頷いて、

「ええ。例えば西さんと本栖さんですけど、もしもお二人が口裏をあわせてアリバイを偽装しているとすればどうです？　時間的余裕なんかいくらでもできて、山中さんを殺すなんて簡単なことでしょう」

途端《とたん》に西がかくんと首をのけぞらせて、

「ありゃりゃ、こっちにお鉢がまわってきたか。僕と本栖さんが共犯？　うーん」

けれども西はそこでなぜかちょっと悪戯《いたずら》っぽい表情を浮かべて、

「これは反論とは言えないけど、四時半に保養所に到着したのに、殺害したのが七時前後という点はどう説明するつもり？」

「それについてはそもそも疑問に思ってることがあります。河口さんが見たという霧に映し出された光——。それって本当に車の光だったんでしょうか」

星羅の言葉に河口がぎろりと眼を剝いた。

「だったら何の光だと？」

「それは分かりません。懐中電灯程度の光源じゃなかったのは確かなんでしょうが。何かサーチライトのようなものだったとか」

「だとしても、その光源は湖の西側の車道にあったはずだよな」

「その光はもっと上空の雲を照らし出していたとは考えられませんか。だから光源は車道よりもずっと先だったとは――」

「そうなると、恐らくとんでもなく遠方だぞ。……まあ可能性はなくもないだろうが、俺としては山中が来たときの光の具合とそっくりだったから、やっぱり車の光だとしか思えないんだよな」

星羅は「そうですか」と首をすくめたが、佳奈美の「いろんな前提に疑問の眼を向けるのはいいことね」というフォローに力を得たように、

「じゃ、僭越《せんえつ》ながらついでにもうひとつ。死亡推定時刻の上限の六時半に車がなかったことから、犯人は自分の車で来たのではなく、徒歩で現場を立ち去ったということにすんなりなってますけど、それはどうなんでしょう。六時半の時点では玄関前に車が停めてあって、管理人さんが東側にまわりこみ、玄関前が見えるところまで来る前にそれに乗って逃走したというのも充分にあり得ることじゃないですか」

そう言って大きく胸を張ってみせた。しかし佳奈美が今度はそれに、

「ああ、そうか。諏訪さん、結局まだ一度も保養所に来てないのよね。現場をじかに見てないからそう考えるのは無理もないけど、保養所のある小島と湖の北岸は細い岬で繋がっていて、ログハウスのある真南からちょっとずれただけで、岬はすぐに視界にはいるの。だからそこを通る車があれば素通しで見えるのね。で、管理人さんがその後もずっとそこを通る車を見てなくて、東側にまわりこんだところで最

終的に玄関前にも車がなかったんだから、六時半直後には玄関前にも車はなかったということになるの」

　噛んで含めるように説明した。

「ああ、そうなんだ」と星羅は頭を抱えこんだ。そこで本栖も、

「ところで俺からも言っておくよ。俺の寮の真ん前にはコンビニがあって、監視カメラがあるはずなんだ。七時半に西の車に乗りこんだのがそこのカメラで確かめられるはずだと警察にご注進しておいたんだが、その後何も言ってこないところを見ると、すぐに確認できたんじゃないかな」

「あ、そうなんすか。本栖さん、グッジョブ！」

　すかさず指を立ててみせた西が、

「いや、実は僕にも確たるアリバイがあるんだよね。当日の朝、家を出る準備をしてたとき――六時四十五分くらいだったかな、うちにこんな薔薇《ばら》の花束が配達されたんだ。その配達のお姉さんが証言してくれたって」

「花束ァ？　何だそりゃ」

　河口がめいっぱい眉をひそめる。

「いや、実は誤配だったんですけどね。いきなり『ご婚約、おめでとうございます』なんて満面の笑みで言われちゃって、びっくりしたなあ。でもまあ、そのおかげでアリバイが保証されたんだから、世のなか何が幸いするものやら」

得々とした西の言葉に、星羅の頭はますます低く沈みこんだ。慌てて佳奈美が、

「でもでも、いろんな前提に疑問の眼を向けるのはいいことと言ったのは本当よ。そうやって問題の所在がはっきりするのは確かだし」

「で、結局ほかにアリバイが崩せそうな奴はいるかな」と、河口。

「うーん、悔しいが、なかなかの難題と言うほかないな」

首をひねりひねり、ガシガシとタバコを揉み消す十和田。

「そうなるとやっぱり犯人候補は三人に落ち着いてしまうわけだけど」

「くそ、何か一発逆転の手がかりがあればなあ」

河口は頭に両腕を巻きつけるようにして苦吟の態《てい》だ。そこで佳奈美が、

「この線では行き詰まり気味かな。じゃ、最近の山中君の様子とか動向とか、何か気になる点はなかった？」

と、視点の転換を求めた。

「奴は文学部だったっけ。別に作家を目指すつもりもなさそうだったが、かといって就活するでもなく、呑気《のんき》そうにしてたよなあ」と、十和田。

「あいつも西同様、親が資産家だからな。網元だって言ってたっけ」

本栖が言うと、

「うちは資産家なんかじゃないですって」

西が慌てて打ち消した。

「彼女とか、いたの？」

「はっきり聞いたことはないですが、いなかったんじゃないですかねえ」と、河口。

「とにかく根っからの趣味人だったよな」と、これは本栖。

「書くものは独特でしたよね。ロジックはかっちりしてるのに、不思議な詩情にあふれてて。だから今回の〈犯人あて〉がどんなものになるのか本当に楽しみにしてたんですよ。それなのに犯人に持ち去られちゃって、悔しいというか、残念で仕方ないです」

　憤りの表情の星羅に佳奈美も、

「彼が〈犯人あて〉のようなパズラーをどんなふうに書くか、確かに興味深かったわね」

「山中さんのこれまでのものを集めて追悼作品集を出したいです。私がやっちゃっていいのかなあ」

「いいんじゃない。それは」

　そこで十和田がふと思い出したように、

「そういや山中から例のことを聞いたとき、あいつ、ちょっと足をひきずってたな。どうしたんだと訊いたら、来る途中でちょっと車にひっかけられてと」

　佳奈美は「えっ」と驚き、

「それは重大なことかも知れないじゃない。警察にも言ってないの？」

「だから今まですっかり忘れてたんだよ。そのときは別にたいしたことと思わなかったから」

するとそこで河口も、

「そういえばあいつが保養所に来たのを窓から見たとき、やっぱりちょっと歩き方がおかしかったかな。気のせいかと思ってたんだが」

「十和田さんが山中に会ったのはいつ、どこで?」と、本栖。

「合宿の前々日の木曜、俺のアパートでだ」

「ええ。水曜には山中さん、クラブに来てたけど、そんな様子はなかったです」と、星羅。

「傷めてたのはどっち側の足ですか?」

西の問いに十和田は席を立ち、記憶を再現させるように足をヒョコヒョコさせてみて、

「うん。きっと左足だな」

「山中君は左足を傷めてたの。ふうむ」

佳奈美とともに全員が頭をひねって考えこんだが、そこから何らかの結論を引き出すには至らなかった。

それ以上の進展はなく、その日の会合は二時間くらいでお開きになった。店を出

た一同に十和田が「希望者は送ってくよ」と呼びかけ、「じゃあ」と、佳奈美、河口、星羅の三人が手を挙げた。そして一階の駐車場に向かった十和田は軽のワゴン車にキーレスキーを向け、キュキュッと音を立てて解錠した。そこで星羅が、

「そういえば、キーレスキーの信号を読み取る手口の盗難が日本でもふえてるそうです。気をつけたほうがいいですよ」

それに十和田は「えっ」と驚き、

「そうなんだ。もう卒業したけど、ミステリクラブの先輩にカードのスキミングでひどい目にあった人がいて、俺もそれには気をつけてたんだが、いやはや油断ならないご時世だな。今度からはハンドル・ロックをかけるようにしよう」

神妙に言って、運転席に乗りこんだ。

＊

さて、作者からひと言。

これで唯一の犯人が限定されるためのあらゆるデータが出揃った、とは言わない。捏《こ》ねあげれば誰が犯人たり得るかの可能性はいくらでも列挙できるだろう。まして、動機に関しての手がかりは全くないと言ってよい。

だが、あえて問う。——犯人は誰か。

そしてその論拠は。

いくつか条件をあげておく。犯人に共犯者はいない。全く単独での犯行である。

また、作中に名前のあがらなかった人物のなかに犯人はいない。そしてまた、作中のいわゆる「地の文」には嘘《うそ》や思い違いや空想の類《たぐ》いはいっさい書かれていない。記述された事柄はそのまま鵜《う》呑《の》みにして戴《いただ》いて結構である。

では、幸運を祈る。

*

それが〈問題篇〉の全文だった。

橘《たちばな》聖斗《せいと》によって語り終えられたとき、一座には軽い溜息《ためいき》と、声にはならない唸り声が静かにひろがった。

溜息と唸り声を洩らしたいのはタマキも同じだった。ちらりとフクスケのほうに眼をやると、彼女も小さく口をあけたまま眼をパチクリさせている。

ここで急いで説明しておかなければならないだろう。タマキは室井《むろい》環《たまき》で男、フクスケは福田《ふくだ》悠里《ゆうり》で女、ともに聖《せい》ミレイユ学園の《汎虚学研究会《はんきょがくけんきゅうかい》》なる厳《いか》めしい名称のサークルのメンバーだ。メンバーはほかに但馬《たじま》睦夫《むつお》、通称タジオと寺堂院《じどういん》正宗《まさむね》、通称マサムネがいて、その二人も一座のなかに加わっている。

サークルの名称を素直に解釈すれば、この世のあらゆる虚学、すなわち実学でないものを研究する会ということになるが、実際は浮世離れしたことをただダラダラとくっちゃべるための集まりに過ぎない、と少なくともタマキは思っている。はじめはタジオとマサムネによって設立（？）され、次にフクスケ、最後にタマキがひっぱりこまれたのだが、最新の加入者が部長を務めなければならないというおかしな会則のために、立場的にはいちばん下っ端のタマキが現在責任者を名乗らされ、学校や生徒会との交渉の実務を背負わされているという状況だった。

さて、この場にはその四人の高校生のほか、いくつか年齢が上の五人の男女がいる。香華《こうか》大学のミステリクラブの面々だ。香華大学と聖ミレイユ学園はフランスのカトリック教団によって創設され、今もそこが母体となって運営されているために関係が密で、本来は香華大学の保養所である《ミモザ館》は聖ミレイユ学園の生徒も利用できるようになっている。そして今期の夏休みに汎虚学研究会が合宿のために現地に赴《おもむ》いたところ、たまたま件《くだん》のミステリクラブの合宿と重なっていたのだった。

そのミステリクラブでは合宿中に〈犯人あて〉が行なわれるのが代々の伝統行事になっているという。そして出会ってあれこれ喋っているうちにたちまち彼らに気に入られた四人組は、急遽《きゅうきょ》その〈犯人あて〉への特別参加を勧められた。もちろん日頃から面白そうなことに飢えていた四人にとってその誘いは願ってもなく、各自メモ用紙や飲料も用意して館でいちばん広い洋間に集まり、今回の出題者である橘聖斗によって問題篇が朗読されたのだった。

タイトルは『読んではいけない』。

読み進められるに従って、四人――いや、ミステリクラブの面々にもちょっとした驚きの反応が見られた。作中の状況設定がこのミステリクラブが行なっている〈犯人あて〉をそのまま流用しているのは明らかだったし、とりわけ舞台となっている保養所がこの《ミモザ館》をそっくりそのままモデルにしていることで、何ともいえない妙な現実感に囚《とら》われずにいられなかった。

しかも作中で明かされずに終わる〈犯人あて〉の作品自体がモデル小説になっているという設定で、何だかややこしいことこの上ない。もしも実際、その作品の内容まで紹介されていれば、混乱にさらに拍車がかかっていたことだろう。

「読者への挑戦状も変わってるな」

はじめに口を開いたのは四年生の倉科《くらしな》恭介《きょうすけ》だった。

「そうね。あえて問う、なんて、まるではじめからまともな解答を期待していないみたい」

返したのは同じ四年の新藤《しんどう》不時子《ふじこ》。

「いや、期待しているのはまともな解答ですよ」

出題者の橘聖斗は三年生だ。そして同じ三年の塚崎《つかさき》史朗《しろう》が、

「とにかくこの場では無事に問題篇が朗読されてよかったな」

そう言って軽く笑いを誘った。そしてこの塚崎が現在の部長らしい。

「この問題篇自体がモデル小説になっているのはともかく、どうして私だけそのまんまの名前が使われてるんですか？」

意を決したようにそう訊いたのは登場人物と同じ一年生の諏訪星羅だった。

それこそ面々の眉をひそめさせた最大の要因だった。朗読の最中にその名前が出たときには星羅本人の口から思わず「えっ」と呟きが洩れ、それでも変わらず淡々と朗読が続くのを呆気《あっけ》に取られた顔で眺めていた。

「いや、我がクラブのアイドルの星羅ちゃんを出さない手はないかと」

そんなことをしれっと言ってのけるのが冗談か本気かさっぱり分からず、これまで喋った感触からしてもなかなか変わった人物のようだ。

ともあれ牽制《けんせい》の意味もあってか、彼らのあいだでミステリ部分へのつっこんだ言及は避ける空気があるようだ。そしてその肩代わりなのか、

「どう？　解けそう？」

不時子が四人組に水を向けた。

「いえ、今のところさっぱり」

「どこにとっかかりがあるのか見当もつかない状態です」

フクスケとタマキが続けて言い、そう申告しあうことで互いにちょっと安心する。

問題は一瞬ちらりと目配せしあっただけで黙ったままでいるタジオとマサムネだが、少なくともマサムネはもう真相を見抜いていそうだ、とタマキは思った。

「こんなに難しいのかとびっくりしました。これまで出されてきた問題と較べて、今回の難易度はどれくらいなんですか？」

フクスケの問いに橘は首をひねり、

「さあ、どうなんだろう。僕はごく初等的な問題と思ってるんだけど、それは明日、解決篇と答えあわせが終わったあとでみんなが決めることなのかな」

そう言われてしまえばその時を待つほかない。

「では各自部屋に戻って答案作成だ。一人一答案が望ましいが、チームを組むのもアリ。提出は明日の午前十一時までに橘の手に。解決篇は昼食を挟んで午後一時から、この部屋で」

部長の塚崎の通告でその場はひとまずお開きとなった。それが午後十一時。

けれどもフクスケがそのまままっすぐ自分の部屋に引きあげるはずがない。タマキたち男三人の部屋に当然のように立ち寄ったかと思うと、

「どう？　どう？　分かった？」

真っ先にタジオとマサムネに詰め寄った。

「おおよそね」

案の定マサムネは事もなげにそう言ってのける。

「あれが分かったの？　もう？　嘘。信じらんない。どんな頭してんのよ、全く。ん？　でも、おおよそってどういうこと？　まだ完全に詰めてはいないってこと？」

いっぱいに眼を見開いたり訝《いぶか》しげに眉をひそめたりしながらフクスケの言葉はマシンガンのようだ。

「解答を求められている部分に関しては余りはないと思うけど、問題は話の構成だね。何のためにあんなスタイルを採ったのかが分からない。あれがかなりの目くらましになっているようだが、単に煙《けむ》に巻くためだけにそうしたのか、もっと単純にそうした趣向自体を面白がっているだけなのか、あるいはもっと深い意味づけがこめられているのか――そこのところが読めなくてね」

「だってそれは本筋とは関係ないでしょ。動機は問わないというのと同じじゃない」

口を尖《とが》らせるフクスケに、

「それはそうだが、そういうところもついつい気になってしまうのが業《ごう》でね。いや、案外それこそが裏の本筋なのかも知れないよ」

そんな謎めかすような言い方をしてみせた。と、そこでタジオが巻き毛をくるくると指に絡ませながら、

「早々にギブアップしてチームを組むか？」

その上から目線に、フクスケともあろう者が唯々《いい》諾々《だくだく》と従うはずもなく、

「結構！　最後まで自分で考えてみるわよ。タマキ、あんたもやすやすと白旗を掲

げるんじゃないの。男なら真っ白な灰になるまで考え抜きなさい！」

「な、何で僕までそんな体育会系のノリに～」

タマキは弱音をあげてみせたが、実はそれは予防線に過ぎず、もともと歯ごたえのある謎に挑むのは大好きだし、もしも自分一人で解ければミステリクラブの人たちも出し抜けるかもと、内心大いに闘志を燃やしていたのだった。

そしてしばらくのちにフクスケが部屋に戻り、タマキもそれから問題篇のコピーと睨めっこでうんうん頭をひねったが、あまりに進展がない上にどんどん眠気も募るばかりなので、結局十二時を待たずしてあっさり白旗を掲げ、タジオたちに声もかけることなくナイト・スタンドを消した。


翌朝、恐ろしい事件が起ころうなどとは夢にも思わずに——。

通過儀礼

　タマキは夢を見た。

　妙に生々しい夢だった。

　夢のなかで彼は森にいた。

　深い深い森。幹まわりが十メートル以上もある木々が見定めることもできないくらい高く聳《そび》え、分厚く折り重なった梢《こずえ》に遮られて、どこにいようとほとんど空は垣間《かいまみ》見えない。だから森はどこでも夜のように暗かった。

　そうした木々の隙間《すきま》を埋めるように、様ざまな草木が押しあい圧《へ》しあいしながら続いている。また、残りの地面やところどころに転がっている大きな岩には大小のシダ類やシノブゴケやチズゴケといった夥《おびただ》しい蘚苔地衣類《せんたいちい》がびっしりと貼りついて、じくじくと湿気を溜《た》めこんでいた。

　そんな具合で地面の様子が見て取りにくいし、かなりのスケールで激しく起伏しているためになおさらだったが、それでもその土地全体が一方からもう一方へ大きく傾斜しているのは明らかだった。

そして虫。

葉陰や土の下で蠢《うごめ》いているものはさしあたり眼に捉えられないが、蜚《と》びまわっている虫の数だけでも凄《すさ》まじい。特に音もなくぐるぐると群れ蜚ぶ白い羽虫——きっとユスリカの一種だろう——は、一匹一匹はせいぜい三ミリ程度のものだろうが、ひと塊《かたま》りの白い靄《もや》となってゆるやかに動く様は一個の大きな生き物のようだった。

もちろん鳥もいる。獣《けもの》もいる。明るい昼のないここでは、それらの鳴き声が数少なくなるときはあっても、完全に途絶えることはなかった。

そんな深い森のなかを彼は歩いていた。平坦な歩みではない。厚く繁った藪《やぶ》を掻き分け、折り重なった倒木を乗り越え、蔓草《つるくさ》のロープで崖《がけ》を登ったりしなければならなかった。彼は何を目指しているのか？

家だ。

この先に彼の家があるのだ。彼はそこに戻ろうとしているのだった。

ひと抱え以上もある木の根が平たい岩を持ちあげ、その下にできた空洞を丸太の壁で支えて造った家だ。ほら、煙突から立ち昇る白い煙がもう最後の沢のむこうに見えている。早くあそこに戻って体を休めたい。そんな想いでいっぱいだった。

そこで急にか黒い不安が墨のように胸に流れこんできた。近くの藪から何羽かの鳥がバサバサと飛び立っていく。ヨシキリだろうか。彼はゆるゆると足を止めた。

止めるとますます不安が重くのしかかってきた。

何のせいか分からなかった。獣？　鳥が飛び立った様子からして、そうとも思えた。この森には熊や狼《おおかみ》もいる。だがその羽音は近くの一角からだけでなく、あっちでもこっちでも次々に起こり、四方へとひろがっている。そうだ、獣ではない。だけど、だとしたらいったい？

このひろがり。一匹や二匹の獣なんかよりもっと恐ろしい何かがひそんでいるのだ。そう思うと足元から背筋まで凍りつくような冷気が貼りついた。

しかしそのまま周囲を窺っていても、その何かが襲いかかってくる気配はない。仕方なく彼はそろそろと足を踏み出し、再び家を目指した。沢にはいつもより何倍もの羽虫が湧《わ》き出し、渦巻くようにわんわんと舞っている。そこから道とも言えないような細い抜け道を攀《よ》じ登ろうとすると、地面を覆ったオオバコやギシギシがざわざわと蠢いたような気がして、ぎょっとした。

見ると、間違いない。にょきにょきと葉をのばし、ミミズのようにのたくり、彼の足に這《は》いのぼろうとしている。彼は全身粟立《あわだ》つような恐怖に囚《とら》われ、死に物狂いで坂を駆け登った。駆け登って高台に出ると、そこでも変容が起こっていた。押しあい圧しあいして繁る灌木《かんぼく》も、頭上から垂れ落ちる蔓草も、むんむんとした草いきれを放つ雑草も、それぞれが寄り集まった蠕虫《ぜんちゅう》のようにピチピチクチュクチュと跳ね踊っていた。

彼は家に駆け寄った。家も同じだった。平たい岩の下に開いた穴が臓器の弁膜口のように、ばふう、ばふうと音を立てて開閉している。

ばふう、ばふう、びゅるるるる、びゅるるるるる……。

呼吸している。そう思った。家はもはや家ではない。見も知らない、おぞましい生き物だ。恐怖は間歇的《かんけつてき》に背筋を這いあがり、彼は何度も身を震わせた。

いや、きっとこの森も森ではなかったのだろう。ここは巨大な生き物の体内なのだ。

そのとき「トウヤ！」と彼の名を呼ぶ声がした。

そうだ。自分はトウヤだ。

振り返ると、いつもの毛皮服を纏《まと》ったサイヤがいた。毛皮のスカートからのびるサイヤの白い脚が眩《まぶ》しいほどだった。

「こっち！」

その手招きを見るより前に彼は駆け出した。サイヤは彼を先導するように傾斜の坂下の方向に急いだ。

その間も周囲に犇《ひしめ》く草木は揺らぎ、ざわめき、変容を続けている。ことに垂れ落ちる蔓草は巨大なヒモムシのようにぶるぶると震え、のたくり、絡みあい、肉のバリケードを形成しようとしていた。

あれが完成すればここに閉じこめられてしまう！　口には出さなくてもサイヤが

そう言いたいのはすぐに分かった。サイヤはひときわ大きな巨木の脇をすり抜け、びゅるびゅるした動きが比較的少ない繁みの作る洞穴のような場所にとびこんだ。彼も慌ててそれに続く。途端に真っ暗な闇で視界を奪われたが、そのなかに浮かびあがるサイヤの白い脚を懸命に追い駆けた。

いったいどれだけ走っただろうか。とっくに息が切れ、頭もひどくくらくらしていたが、そのくらくらのなかでサイヤの白い脚だけが彼のこれからを照らし出すように輝いていた。

彼はその白を手にしたいと思った。

その白を手にしさえすれば、彼のこれからが明るく拓《ひら》けるように思えたのだ。だけどその情動はどろどろとドス黒かった。それに身を浸すと胸の奥が熱く沸き立ち、狂おしく引っ掻きまわされるようだった。

そして突然に思いあたった。

そうだ。これかも知れない。これがこの変容を招いたのかも知れない。

すべての原因はこの自分だったのかも知れない。

だったらこの情動を鎮めなければ。そうしないと事態はどんどんひどいことになってしまう。

だけどそれが容易なことでないのも分かっていた。ダムにあいた穴を塞《ふさ》ごうとするようなものだ。いったん溢《あふ》れ出した水はちょっとやそっとで止められはしないだろう。

それでいて、その情動にそっくり身を委《ゆだ》ねるのもまた難しいことだった。そうじゃないか？　自分はいきなり獣にはなりきれない。もしそうなるとしても、そこまでには様々な関門がある。あるいは通過儀礼と呼ぶべきものが必要だ。

そんなことを考えながら彼はサイヤの白い脚を眼で追い続けていた。ほどなく前方に明るい光が見えたかと思うと、どんどん大きくひろがっていった。

トンネルを抜けたのだ。サイヤに続いて彼は光のなかにとび出した。驚いたことに、そこは都市だった。城塞《じょうさい》が幾重にも張り巡らされ、しかも上下に何階層も地面があり、そこに石の家や藁《わら》屋根の家が、うねうねと這いまわる金属のチューブやダクトとともにひろがっていた。

そこには大勢の人びとがいた。市民や兵士、旅芸人や役人など。店には品じながら溢れ、通りも活気づいていた。これであの恐ろしい異変から脱出できた。けれどもそう思ったのも束《つか》の間《ま》、雑踏に紛れて周囲の賑《にぎ》わいに見とれていた彼の耳にサイヤの悲鳴がとびこんだ。

慌てて振り返ると、サイヤが黒装束の一団に襲われていた。サイヤは何か薬を嗅《か》がされたらしい。たちまちぐったりしたサイヤを数人で抱えあげ、どこへともなく連れ去ろうとしている。

彼は「待て」と叫び、そのあとを追った。一団は人ひとりを抱えているにもかかわらず、風のように走り去っていく。黒装束のあいだからサイヤの白い脚が覗け見えて、彼の胸を掻き毟《むし》った。

彼にぶつかって、出店に積みあげられていたリンゴが道に散りぢりになる。太っちょのおばさんがすてんと転がり、その手にひっぱられて、並んでいたテントが将棋倒しに倒れていく。そんなどたばた騒ぎが繰りひろげられるなかで、とうとう黒装束の一団は人ごみのなかに消え去ってしまった。

それでも彼はあきらめなかった。パレードの練り歩く大通りをつっきり、赤屋根や青屋根がおもちゃじみたメルヘンぽい街並を抜け、発条《ばね》やドリルの刃のような渦巻きの束が上下の階層を繋いでいる部分を攀じ登り、城壁の歩廊によって作られた巨大迷路をぐるぐると彷徨《さまよ》った。足を止めてしまってはそこでおしまいだ。前に進み続けている限り、奴《やつ》らを見つけられる可能性は残っているのだから。そんな想いに懸命に縋《すが》りついていた。

そうしてどれほどの時が過ぎただろう。何度も月がのぼり、また陽がのぼったような気がする。気づくと彼は広大な場所にいた。干し草を家よりも大きなレンガの形に固めたものが見渡す限り山のように積み置かれ、その干し草の上を彼は辿っていた。

そこに黒装束の一団がいた。あちこち点々と、何かを警備するように巡回している。きっとここが本拠地なのだ。そう悟って、彼は見つからないよう注意しながらそろそろと近づいていった。

いた！　干し草の壁を背にして、サイヤが吊るされるように縛りつけられている。上着が脱がされ、短い毛皮の半纏《はんてん》だけになっているせいで、スカートからのびる脚だけでなく、腕の白さも鮮やかに目立っていた。

彼は無意識に腰を探った。そうすると当然のように彼の腰には重々しい剣の鞘《さや》が下げられていた。抜き放つと濡《ぬ》れたように輝く両刃の剣だ。それを背に隠すようにして彼はゆっくり近づいた。太陽はぎらぎらと焼けつくように照りつけ、風がガガイモの綿毛を散らしながらひゅうひゅうと唸りをあげて吹いていた。

その風に彼はふと焦げ臭《くさ》い匂《にお》いを嗅いだ。はっと振り返ると、積みあげられた巨大な干し草のレンガの一角からもくもくと煙が立ち昇っていた。

乾いた干し草は燃えやすく、たちまち大きな炎が噴きあがったかと思うと、みるまに勢いよく燃えひろがっていった。

黒装束の一団はその火に驚き、狼狽《うろた》え、右往左往している。火は奴らが放ったものではないのだ。とすれば、これはまたとない好機だろう。彼は足を速め、まっしぐらにサイヤに向かって走った。気づいた黒装束の一人が慌てて切りかかってきたが、彼が振るった剣の前にたやすく両断され、転げ落ちていった。

ほかの者も次々に襲いかかってきた。なかにはなかなか手強い者もいたが、時に乗じた彼の勢いが優《まさ》った。ずしりとした手応《てごた》え。血飛沫《ちしぶき》。血飛沫。血飛沫。血飛沫。

もう彼は血まみれだ。そうしてやっと辿り着いたが、サイヤはぐったりと首を垂れたままだった。急いで手足を拘束していた革のベルトを切りはずし、頽《くずお》れたサイヤを抱えあげる。「サイヤ、サイヤ！」大声で何度も呼びかけているうちに、ようやくサイヤはうっすらと眼を開いた。

大丈夫だ！　彼は喜びに打ち震え、百倍の力を呼び戻した。そしてサイヤを抱えたまま風下に向かって走り出した。

サイヤは無言のまま、ぎゅっと彼にしがみついた。白い脚。白い腕。白い顔。その顔が彼の頬にすりつけられてくる。その喜びだけで彼は何もかも捨てていいと思った。

そうだ、これだ。これが獣になるための通過儀礼だったのだ。これで解き放たれた。自分は獣になれる。いや、もう既に獣なのだ。

炎の勢いは凄まじく、干し草の表面を舐《な》めるようにして追い駆けてくる。しかし彼はもうそれを恐ろしいとも思わなかった。ますます勢いを得て走り続ける彼に、歓声と高らかなトランペットのファンファーレが浴びせかけられる。王族の行進だ。その前後で芸人たちが様ざまな芸を披露している。舞い散る紙吹雪。破裂する花火。そんな歓声とファンファーレにずぶ濡れになりながら、彼は走って走って走り続けた。

そして気がつくと彼は粗末なベッドに倒れ伏していた。顔をあげると横に仰向《あおむ》けのサイヤがいた。サイヤはひっそりと眼を閉じていた。

確かめずとも、夜であることは分かっていた。静寂が耳に痛いくらいだ。彼は起きあがり、サイヤの顔を見おろした。白い、艶《つや》やかな肌。びっしりと生えた細かな産毛《うぶげ》がその白さに柔らかさを添えている。そして彼はさらに大きく体を離し、サイヤの全身を眺め渡した。半纏を左右にはだけさせている胸のふくらみ。そして短い毛皮のスカートからのびる白い脚。

白い脚。

顔を近づけると、やっぱり細かな産毛がびっしりと生えている。いくら眺めても飽きることのない絶妙な造形。特に内腿《うちもも》が描き出す曲線の嫋《しな》やかさはどうだろう。もちろん眼で鑑賞するだけでも大きな喜びだ。だけど、それだけでなく触覚も――さらには嗅覚《きゅうかく》も、味覚も動員したい。すべての感覚を使って味わいつくしたい。いじりまわし、舐め倒し、思う存分弄《もてあそ》びたい。それでこそ賞玩《しょうがん》が成就する。そうだ、完全に手中にするというのはそういうことなのだ。

その情動に身を任せる。ずぶずぶと身を沈めていく。充血。隆起。硬直。怒張。骨の髄まで熱く煮え滾《たぎ》った感覚で埋めつくされる。そして彼はゆっくりサイヤの内腿に手をのばし、指先に

「おい、起きろ!」

*

*

その夢から切り離されてしまうのは身を裂かれるほど辛いことだった。だけどいったん現実への通路が生じてしまうと、もう夢は不可逆的に、淡雪のように吹き散らされていくばかりだ。いくら手をのばしても指先にさえ残らない。タマキは不承不承眠りのなかに居続けるのをあきらめ、「もうそんな時間?」と、いきなり目覚めさせられた苛立ちを隠そうともせずに言い返した。

声をかけたのがタジオであることは分かっていた。けれどもそのタジオは問いかけには答えず、

「とにかく起きろ。非常事態だ」

そんな言葉を返して寄こした。

タマキは眼をパチクリさせながら起きあがった。

「非常事態?」

「ああ」

　タジオが腕組みしたまま部屋の真ん中に難しい顔で突っ立っている。

「人がひとり行方不明になった。少なくともこの宿舎にはいない。だが捜索もできない」

「え」

　タマキは首を傾げ、

「どうして？」

「外を見てみろ」

　顎で促され、タマキはベッドを出て窓に近づいた。はじめに窓に眼を向けたときから何となく妙な具合だなとは思った。そして実際に窓に顔を寄せ、外界を見渡してみて、はっきり異変の内実が分かった。景色が見えない。窓の外がいちめん真っ白だ。

　凄まじい濃霧だ。まるで昨夜聞かされた小説が現実になったように、あたり一帯がこれまで見たこともない濃霧で覆いつくされていた。

失《しっ》踪《そう》を巡って

「分かるだろ。この霧のなかでヘタに捜索に出たりすると、逆に迷子の数をふやすのがオチだ。最悪、湖に落ちるような二次災害まで出しかねない」

嚙んで含めるように言うタジオ。机に具《そな》えつけのデジタル時計を見ると、午前九時五十五分だった。

「行方不明になったのは誰？」

「昨夜の出題者だった橘聖斗」

「橘さんが？　そうすると――」

「そう。〈犯人あて〉の出題者が――というところまで小説と同じだ。もっとも現時点では当人が小説同様殺されたのか、迷子になって戻れなくなっているだけなのかは分からないが。ただ、そういう暗示的な状況でもあるので、みんな心配している」

そんなところにフクスケが駆けこんできた。

「ああもう、寝ボスケ！　早く来なさいよ。会議するから全員集合って」

「ふえーい」

現状明らかな事態が殺人ではなく失踪であることにひとまずほっとしながら、タマキは慌てて着替えをはじめた。


集合したのは昨夜〈犯人あて〉が読みあげられた大部屋だった。橘聖斗以外の八人が顔を揃えている。タマキは真っ先に携帯で連絡が取れないのか訊いてみたが、部屋にスマホが充電器に挿《さ》さったまま残されているということだった。そしてそれを答えた四年生の倉科恭介が、

「君たちにも心配をかけて申し訳ないね。全く困った奴だ」

そう頭をさげると、同じく四年生の新藤不時子も、

「ホント、帰ったらとっちめてやらなきゃ」

と、こちらの気を軽くさせるように笑ってみせた。いっぽう、橘と同じ三年生の塚崎史朗は、

「しかし、のんびり構えていいかどうか。帰れなくてじっとしてくれてるならいいですが、もしも湖に落ちたりしていたら」

部長らしく責任感の強さを表に出し、一年生の諏訪星羅も、

「そうですよ。それに橘さんの小説との符合もあるから、何だか悪い予感がして――」

はじめからずっと落ち着かない様子だった。

「小説との符合ね。確かにこの霧にはびっくりしたもの。でも、だからといって、今の状況で事故以上の事件性を考えるのは先走りすぎじゃない？」と、不時子。

「だな。今は散歩に出たあと霧が濃くなって、迷子になったと考えるのが現実的だ」

倉科もあえてのように力強く頷いた。

「それにしても、事故に遭ってる可能性は残りますよ。警察に知らせておく必要はないですか？」

塚崎の提言ももっともだったが、

「どのみちこの状況では警察も来れないさ。霧が晴れてからのことにしよう。もしそれでも彼が戻ってこなかったら——」

一同の空気はその方向に傾いていった。

汎虚学研究会のメンバーはひとまず部外者で年下という立場を弁《わきま》え、終始意見を差し挿むのを控えていた。けれども最後にフクスケが我慢できなくなったように「あの」と手をあげ、

「この場の決定にはもちろん従いますけど、もしものケースも考えて、あたしたちにもいろいろ教えてもらえませんか。橘さんが行方不明になっていることがはっきりするまでの経緯とか」

そんな依頼を申し出た。それには不時子が、

「そうよね。あなたたちをこんなふうに巻きこんでしまったんだし。ええっと、いちばん早く起きたのは誰かしら。私は六時半頃だったと思うけど。そのときには霧がすっかりこんな状態だったから、もうびっくり。星羅ちゃんにも教えてあげたかったけど、あんまり幸せそうに寝てるので、気の毒だからそのままにしておいたの」

するとと倉科が、

「僕は七時頃だったと思う。〈犯人あて〉の解答をまとめて八時頃に提出に行ったんだ。だけど橘が部屋にいなかったので、塚崎のところに行ってみたんだが」

それを受けて塚崎が、

「ええ。俺はそのとき起こされたんです」

それが癖らしく、耳の裏を指でさすりながら言った。

「ということは、不時子さんと星羅さんは同室。男性陣はみんなバラバラの部屋だったんですね」

フクスケの確認に倉科が、

「そう。最低限、出題者は個室に泊まるのが決まりだ。ほかの者と相部屋は味が悪いからね」

そして縁なしメガネを押しあげつつ、

「で、塚崎と二人して橘を捜してまわったんだ。車庫も見たんだが――ああ、僕は自分の車でここに来たんだが、橘も免許だけは持っているのでもしやと思ってね

――車はそのまま残っていた。そんな途中でタジオ君とマサムネ君にも会ったね」

「ええ」と答えたタジオが、

「それで僕らも捜索に加わったんです。もしかしたらということで橘さんの部屋も改めて調べたんですが、バスルームも空でした」

「そんなわけで、どうしても見つからない。で、女性陣の部屋に知らせに行ったわけだ」

そこで星羅が、

「それであたしも起こされたんです。九時十五分でした」

右手を肘《ひじ》の上だけ立てて申告した。

「そんな騒ぎで、あたしが起こされたのが九時半頃」

フクスケも言い添え、順番がまわってきたタマキは、

「僕はついさっきまで夢のなかでした」

こんなことで申し訳なさを感じなければならないのはちょっと理不尽じゃないのと思いつつも、なるべく申し訳なさそうに肩を窄《すぼ》めた。

「それにしても橘の奴、こんな霧のなかでふらふら外に出るなんて」と、口を尖らせる塚崎。

「冒頭がそういうシーンではじまるミステリがあったじゃない。あの気分を味わいたかったんじゃないの」

「そう言われれば、気持ちは分かるな」と、倉科。

「橘君、幻想風味のものが好きだものね」

「とにかく解答の提出も解決篇の発表も、橘が戻ってくるまで無期限延期だな」

するとその言葉を待つようにして、そこで初めてマサムネが口を開いた。

「その点に関して、ちょっと気になっていることがあるんですが」

「何だね」

「橘さんの持ち物のなかに解決篇の原稿があるかどうか、確認はされたのでしょうか」

その問いかけに倉科の顔は塚崎へと向けられ、ほかの面々もあとを追うようにそれに倣《なら》った。慌てて塚崎は首を横に振り、

「いや、持ち物まではチェックしていない」

「いちおう確認しておいてもいいんじゃないでしょうか」

続けてのマサムネの言葉にぴくりと眉をひそめ、

「……そうだな。そうしておいたほうがいいかも知れない」

塚崎は言い終わらないうちに立ちあがった。

その彼について、全員が橘の部屋に向かった。二階の大部屋から一階の東翼の奥へ。その途中、フクスケがそっとタマキに、

「寝ボスケ。あんたはどんな夢見てたの」

そんなことを耳打ちしてきたのでぎょっとした。

「何でそんなこと」

フクスケは上下の歯を見せてにやりと笑い、

「星羅さんが幸せそうに眠ってたというのを聞いて思ったの。あんたもさぞかしいい夢見てて寝過ごしたんだろうって。その反応からして図星ね」

フクスケはきっきっと声まであげて先を急いだ。

何でそんなふうに繋がるんだよ。お前はサトリか？　オモイカネか？　そんなことを思うそばで、ふとフクスケのフレアスカートからのびる白い脚に眼を取られてドギマギした。

みんなが集まった部屋の前に来て、タマキはふとそこが小説のなかの〈犯人あて〉の出題者、山中達也の部屋と同じらしいと気がついた。

人垣の隙間から覗き見ると、言われた通り机の上の充電器にスマホが挿さったままだ。塚崎が代表する恰好でなかにはいり、ベッド脇に無造作に置かれていたリュックや机まわりをひとしきり調べていたが、

「妙だな。見あたらない。昨夜読みあげられた問題篇しかない」

両手をひろげて振り返った。

はっと口元を押さえたのは星羅だった。

「解答篇だけ消えてるなんて変じゃないですか。やっぱり何かあったのかも――」

するとと倉科も縁なしメガネを押しあげつつ、

「確かに変だな。迷宮気分を味わいたくて散歩に出るとしても、原稿を持ち出す必要はないはずだ。まさか、留守中にこっそり解決篇を読まれるのを心配したわけでもないだろうし」

「そんな姑息《こそく》な人間がいるわけないものね。もし本当にそれを疑ってたならちょっとショック」と、不時子。

「でしょう。だから……誰かが別の理由で持ち去ったんじゃないかと思うんです。そして、もしかしたら……そいつが橘さんもどうにかしたんじゃないかと」

星羅もずっと押しこめていた疑念をこのときとばかりに吐き出したが、「どうにかした」というのを「殺した」とまではっきり言葉にできなかったようだ。

もちろんその疑念自体は誰しもいったん頭に浮かべたに違いない。それにどれだけリアリティを感じるかのモノサシが人それぞれなだけなのだ。だからその意見を一笑に付すこともできない空気のなかで、フクスケが「ちょっといいですか」と割ってはいった。

「こんなふうに考えることはできませんか。橘さんが外に出たとき、まだ霧は出てなかったか、出ててもまだうっすらとだけだったと。で、橘さんは自分が出した問題に穴がないか、外でゆっくり最終チェックをしようとしたんじゃないでしょうか。もちろんこれまで繰り返しチェックはしてきただろうけど、ずっと盲点にはいったままのミスがあったりすれば出題者として大恥なわけですから。そうしてその最終チェックに集中しているあいだに、いつのまにかこんなふうにすっかり霧が濃くなって戻れなくなってしまったと――」

それを受けて不時子が、

「そうすると、橘君が外に出たのは私が起きた六時半よりかなり前ということになるわね。うっすらした霧があそこまで濃くなるまで少なくとも三十分くらいかかるとして、遅くとも六時くらいには」

そこで塚崎が、

「いつ頃霧がこんな状態になったかさえ分かればフクスケ君のその説の正否を判定できるだろうが、そんな局地的なデータは気象台もキャッチしてないだろうな」

残念そうに耳の裏を撫でさすった。すると星羅がはっとした顔で、

「管理人さんは？　あの小説がそっくりここをモデルにしているなら、同じ場所に管理人さんがいるんじゃないですか？　もしも連絡がつけば、霧の時間的なことも何か分かるかも！」

言われて倉科も、

「ああ、確かに同じ場所に管理人さんが住んでるよ。そんなに早くから起きてたかどうか分からないが、訊くだけは訊いておこうか」

そう言って机に近づき、利用案内のパンフレットをしげしげと眺めていたが、

「番号がついてる」

自分のスマホを取り出して電話をかけた。仲間の一人が霧のなかで迷子になっているらしい。こちらに来るあいだに何かあったら申し訳ないので、それには及ばない。ついては、この霧がいつ頃出はじめて、いつ頃これほど濃くなったか分からないでしょうか、といったことを手短に伝えた。

「そうですか。……ああ、そうなんですか」

少しばかり驚きを交えての応答がしばらく続き、

「霧は夜中の二時過ぎから出はじめたそうだ。市からもそういう予報がはいっていたらしい。すぐにどんどん濃くなって、三時前にはもうこの状態だったそうだよ」

電話を終えて報告した。

「三時前？　そんなに早くから？」と、不時子。

「そんな真っ暗な時間に外で最終チェックをするわけもなし。ということで、残念ながらフクスケ説は却下だな」

タジオの宣告に、フクスケは「失礼しました」と頭をさげた。

「いえいえ。指摘そのものは鋭かったわ。でも、これで星羅ちゃんの心配が現実性を帯びてきたということになるのかしら」

「ああ、もしもそうだったらどうしよう！」

星羅はさっきからしきりにシャツ裾《すそ》の飾りの紐を指でつまんだり丸めたりしてい

て、そんなところに気を揉《も》む様子があらわれていた。どうやら彼女は香華大学ミステリクラブのなかでもアイドル的存在らしく、天然なのかある程度意識してなのか素振《そぶ》りがいちいち可憐《かれん》で愛らしい。それは年下のフクスケから見てもそうであるらしく、前日、「星羅さんて可愛《かわい》い」と、普段はぶりっ子を毛嫌いしている彼女にしては珍しく眼を細めていた。

そのあとも星羅は思い切ったように、

「もしかしたら、スマホを調べれば何か分かるかも！――いいえ、普段ならそんなの絶対ダメですけど、今は緊急事態ですし」

オロオロした様子を交えながら言うと、

「いや、僕もそれを考えていた。この際、悪いが覗かせてもらうか」

倉科が充電器に挿されていたスマホを抜き、しばらくあれやこれやといじりまわしていた。そして自分だけが操作するのはフェアではないという判断からか、塚崎にも画面を示しながら、

「メモにも怪しげな書き込みはないな。着信も昨夜の午後七時過ぎが最後だ。自宅のPCとはメーラーが共有されているだけで、このスマホから〈犯人あて〉の原稿を読むことはできない」

そう結論づけた。

「ミステリならこんなとき、たいがい何らかの手がかりがあるものなのにね」

不時子も残念そうに言って、

「さて、では、どうする？　ひとまずこの件から離れて、〈犯人あて〉について考えてみる？　いえ、もしかするとあの小説のなかで暗示されていたように、今回の実際の出来事もあの小説自体が引き金になってる可能性もないわけじゃないんだし。

――ああ、何だかとってもややこしい」

柔らかな苦笑を浮かべてみせた。

「確かに今回の件に不穏な暗示を与えているのはあの小説だからな。『読んではいけない』というタイトルからして示唆的だし。しかしそんな提言を持ち出したところを見ると、既に某《なにがし》かの見解をお持ちのようだね」

愉快そうに促す倉科に、不時子は「それほどたいそうなものじゃないけど」と前置きを挿んで、

「ともあれ小説内で橘君が用意した真相についてはいてのいては先送りするほかないとしても、小説の構造についてはいろいろ考察できるわ。あの小説はこの《ミモザ館》をそっくりモデルにしてるけど、写し取っているのは舞台設定だけじゃなくて、登場人物にもそれっぽい仄めかしがあちこちに見えるでしょう。だとすれば、そこにはそれなりの橘君の意図がこめられてるはずじゃない？」

倉科は強く頷いて、

「あの曲者《くせもの》の橘が舞台だけモデルにして満足するはずはないものな。登場人物にも

現実との繋がりを持たせて、小説の内容とは直接関係ないメッセージをこめたり、あるいは動機部分を支える裏設定にしたりしそうなものだ」

そこで不時子はポケットからメモ書きを取り出し、

「では、どの人物が誰に対応してるか見ましょう。登場人物は管理人を除くと宝条大学ミステリクラブの七人。うち、事件当時に現場の保養所にいたのは五人で、四年生の精進佳奈美、三年生の河口栄太、山中達也、本栖忠幸、それに二年生の西だけど、この人物だけはなぜか苗字《みょうじ》だけで、ファーストネームが出てこない。そしてのちに推理に加わるのが四年生の十和田彰彦、一年生の諏訪星羅——なんだけど、念のため、これらの登場人物の苗字が全員、有名な湖の名前から採られているのには気づいていてた？」

その場の面々の顔を見まわすと、ミステリクラブのメンバーのみならず、タジオやフクスケまでが当然といった面持ちを返した。タマキは慌てて精進、河口、山中、本栖……と反芻《はんすう》して、そこで初めてああと思いあたり、気づいていなかったのは自分一人かと大いに凹《へこ》んだ。さらに横目でちらりとこちらを窺ったフクスケがにんまり犬歯を覗かせたので、その屈辱感は極大にまで増幅された。

「これはもちろん諏訪星羅を同名のまま登場させるというのがまずあって、諏訪という苗字から思いついた趣向ね。その彼女を別として、小説内での出題者である山中達也が橘君というのも明らかだし、同じ四年生で女性の精進佳奈美もほぼこの私、新藤不時子でしょう。問題は倉科君を同じ四年生の十和田彰彦にすんなり対応させていいのかという点。それに小説内では特に部長という肩書が出てこないので、塚崎君にはどの人物があてはまるのかがよく分からない点ね」

するとそこで塚崎が、

「対応という点では考えておかなきゃならないことがありますよ。小説内でいくらこれは誰、これは誰と想定しておいても、その想定した顔ぶれが実際にここに集まるとは限らないでしょう。想定した奴が参加できなかったり、想定していない奴が加わったりすることもあるわけですから」

そんなふうに釘《くぎ》を刺した。

「それはお説ごもっとも。実際、今回はドタキャンが相次いでこの人数になっちゃったんだものね。まあ人数が少なかったぶん、汎虚学の皆さんとより親密に交流できたわけだけど。だけどとにかく、橘君がクラブのメンバーをモデル化しようとした場合、ほかの誰を差し置いても倉科君と塚崎君をはずすわけないと思うのよ」

そこでふとタマキは思った。うちのメンバーでもマサムネが典型的にそうだが、ミステリクラブのこの面々のあいだでも古めかしい言葉や言い回しがちょくちょく出てきて、それが何だかほっとするというのか、意外なくらい嬉《うれ》しく思っている自分がいたのだった。

「それはそうかも知れませんが」

煮え切らない顔で耳の裏をいじくる塚崎を尻目《しりめ》に不時子は、

「そうなると塚崎君は前乗りで現場に来ていたという河口栄太か、後輩の西の車で現場に来たという本栖忠幸のどちらかしかない。ただ、そのどっちかという決め手が見つからなくて。その点、どうなの。本人の眼から見れば思いあたる部分もあるんじゃない？」

「さあ、今までそういう観点から眺めてなかったですからね。改めて読み返してみないと――」

さらに不時子は、

「倉科君も十和田彰彦しか該当する人物がいないけど、わざわざ現場に居あわせなかった設定にしてあるのはどうしてなのか。そこが何だか腑《ふ》に落ちないのよね。その点、本人としてはどう思う？」

言われて倉科は片眉をひそめ、

「さてねえ。何らか配慮するところがあって、容疑者リストからはずしてくれたのかな。いや、厳密には現場にいなかったとされる十和田や星羅ちゃんも容疑者リストから完全に除外されているわけではないだろうが」

そして腕組みしてしばらく考えこんでいたが、

「それにしても『読んではいけない』か。またえらく意味深なタイトルをつけたものだな。そのせいでまるでこの場の全員、不吉な暗示にかけられているようじゃないか」

「ホントにそうね」と、不時子はその意味でいちばん強く暗示にかけられていそうな星羅のほうにちょっと心配げな眼差《まなざ》しを泳がせた。

塚崎も、

「そうですね。小説の構造も相俟《あいま》って、まるで預言書めいた効果をあげてますからね。その点では確かにこの小説は大成功だな。ましてこんなにタイミングよく濃霧が張り出すとは橘自身も夢にも思っていなかっただろうに」

降参するように軽く両手を掲げ、

「……ただそのことから逆に考えれば、橘自身、あまりに小説通りの濃霧を眼にして、この千載一遇の符合をもっと効果的にしたいという衝動に駆られたとしても不思議はないんじゃないですか」

ぽつりとそんなことを口にした。

その場のいくつかの眼がはっと見開かれるのに重なって、

「この失踪が狂言って？」

真っ先に星羅が問い返した。

「可能性はあるだろう。答あわせの前のちょっとした座興だよ。まあ、そうであってほしいという願いもこめてだけどね」

その言葉はまたさらに逆に彼女の不安を煽《あお》り立てたらしく、星羅はつと窓際に寄

り、真っ白で何も見えない光景を見つめながら、

「あたしもそう祈りたいです」

何とも切なげに呟いた。

「狂言なら狂言でいいんですが、そうすると橘さんはこのすぐ近くに身をひそめているわけですね」

と、そこで口を挿んだのはタジオだった。

「そういうことになるな」

塚崎が頷く。

「でも、この近くには小屋みたいな建物もなくて、せいぜいベンチが一つ二つあるくらいですよね。そんなところで長時間待機するのはかなりの難行じゃないでしょうか。しかもこちらの反応も分からないままでというのは――」

すると倉科があああという顔で、

「そうか。悪戯で姿を消したなら、是非ともこっちの反応を知りたいと思うよな。そうでないとせっかくの愉しみが半減以下だ。ということは……逆に言えば、橘にはこっちの反応が分かっている？」

フクスケもぎょっとしたように周囲を見まわし、

「監視カメラか盗聴器でも使って？……でも、橘さんが狂言を思いついたのはたまたま霧が出ていたからなんですよね。だったらそんなものをあらかじめ用意してい

たはずはないか」

　そこでタマキも思いついて、

「そこのスマホじゃないんですか。スマホを気づかれないようマイクにして、盗聴器みたいに使えると聞いたことがあるようなないような——」

　これは我ながらいい線だと思ったが、

「それにしたって、スマホがもう一台必要なんじゃない？　犯罪者か浮気常習者でもない限り、スマホを二台常備してるなんてこと、ある？」

　フクスケに木端微塵《こっぱみじん》に粉砕された。けれども今度は凹んでいる暇もなく、

「ということは……橘君は外にはいない？　やっぱりこの建物のなかにいて、私たちの一挙手一投足を観察してる？」

　不時子が自問するように洩らし、それによって喚起されたイメージにタマキは思わずぶるっと肩を震わせて、

「もしかして、天井裏とかに……？」

　言いながら天井に眼を泳がせた。

「なあに言ってんの。いくら何でも天井裏はないでしょ」

　フクスケにすかさず横槍《よこやり》を入れられるのは常態化しているのですっかり馴《な》れっこだが、ついでにスパンと後頭部を叩かれたのは余計《よけい》だと思った。

「それはともかく、僕らも自主的に隠れようとする人間を対象にしていたわけでは

ないから、捜索としてかなり不徹底だったのは確かだな。建物内にはまだまだ手つかずの場所があるはずだ。……だが今、改めてそれをやるか？」

倉科にぐるりと視線を向けられて、一同は互いを見交しながらしばし言葉を失った。

「再捜索ですか。うーん。狂言という想定があたっているなら、そこまでやるのは野暮《やぼ》とも言えますが」

気が進まない様子の塚崎に対して不時子が、

「でもまあ、この場合は星羅ちゃんの危惧の正否を少しでも確かめるためということで、どうなの」

「なるほど」と頷いた塚崎は、

「では、やりますか」

腹に力をこめるように言って、ドアに向きなおった。

「ああ、君たちにまで面倒をかけるつもりはないからね。捜索には参加しないでいいよ」

倉科が軽く手を振ったが、

「いえいえ、ここまでどっぷり乗りかかった舟ですから、是非是非手伝わせてください。ね、タマキ。あんたも手伝いたくてウズウズしてるんだものね」

フクスケはタマキの首に腕をまわし、返した手の甲を頬骨の下にグリグリと押しつけた。

「あ、ハイ。やりたいですやりたいです」

それには不時子や星羅もくすっと笑って、

「じゃあごめんなさい。そういう流れになってしまったので、お願いします」

タイプの全く違うお姉さん二人にそう言われて、タマキは俄然《がぜん》やる気を奮い起こした。

行動は逸脱せざるを得ない

　ところで今朝からの事態のなかで極力発言を控えているマサムネは、もしも小説で描けば気配を消して空気のような存在になってしまっているだろうが、実際にはその存在感はなかなか沈黙などで削減できるものではない。むしろそれによってますます威光を増している向きさえある。昨日はタジオとの言葉少なのやりとりで意思疎通をしあっている佇《たたず》まいに、星羅がすっかり胸をキュンキュンさせられてしまったらしく、「ああ、どうしよう。腐ごころを鷲掴《わしづか》み」などと臆面《おくめん》もなく洩らして、それがタマキにはちょっぴり悔しかった。

　さすがに今日は星羅もそれどころではなく、不安げな面持ちで捜索に加わっている。そばでその様子を見ていると不安が感染してくるようで、薄暗い倉庫の奥でこんもりと盛りあがっている覆いの布を払いのけるときなどは心臓が咽からとび出しそうだった。

　そうして空き部屋の押し入れから調理場の床下収納、車庫にある倉科の車のトランク、しまいにはそれこそ浴室の点検口から天井裏まで覗いてみたが、橘の姿はどこにも見つからなかった。

「どこかに隠し部屋や秘密の通路でもない限り、やっぱり橘は外にいるとしか考えられないな」

「霧もいっこうに薄くなる気配がないし」

「いつ頃晴れるかの予報が届いていないか、管理人さんに訊いてみなくちゃ」

「ああ、もう十一時半。昼食はどうするの？」

「買い置きしてる奴から供出させて、分配するしかないな」

「こういうこともあろうかと、カップ麵《めん》をしこたま買っておきました」

「クローズド・サークルになるのを予期して？　それはミステリファンの鑑《かがみ》だな」

そんな流れで昼食は食堂でみんな揃ってということになった。

「在庫はあとどれくらいあるの？」

「今日の夕食ぶんまでは余裕です」

「橘さん、朝も食べてないだろうし、おなか空かせてるんだろうな」

そう呟く星羅は自分の食事もろくに咽を通らないようだ。

「それにしても君たちは凄《すご》いね。特別ミステリファンではないというのに、そのミステリの読書量だけでも僕らに引けを取らないんだから」

昨日に引き続き、倉科が感服してみせた。

「あ、誤解のないように。あたしはミステリ大好きですよ。特に館モノ」

フクスケがフォークを咥《くわ》えたまま手をあげる。

「フクスケさんも？　あたしと同じ好み。嬉しい」

星羅は年下にもさんづけする。

「ゴシックはいいよな。心が安らぐ」

タジオもウンウンと首を縦に振って同調した。

「なかでもいちばんお好みは『黒死館《こくしかん》殺人事件』なのよね」

「そう！　ありゃあいい。ゴシックの要諦《ようてい》は人間心理が空間のありようにどうしようもなく操られてしまうという点にある。それをあれほど見事に描ききった作品はない。建物空間だけじゃないぞ。あの言語空間それ自体がその作用を強力に発揮する、いわばゴシックそのものなんだ」

やおら雄弁に自説を披露しはじめたので、

「ああ、しまった。余計なツボを突いちゃった。ゴメンなさい。うちの連中、自分が好きなことを喋り出すと止まらなくて――」

ペコペコ謝るフクスケに倉科が笑って、

「いやいや、ますます畏《おそ》れ入ったよ。橘と論戦をさせたいくらいだ」

「というと、橘さんも論客なんですか」

「彼は評論もけっこう書いてるからね」

そこでふと塚崎が、

「そういえば奴のいちばん最近の評論は『最後まで発見されない屍体』だったな」

洩らした言葉が一瞬の沈黙を招いた。

「何だか——縁起でもない」と、眉をひそめる星羅。

「言っておくが、俺は事実を述べただけだからな」

塚崎が慌てて弁明した。


四人兄弟の末っ子のせいか、早食いが身についてしまっているタマキは早々に食事をすませ、ぼんやりと窓の外を眺めていた。本当に何も見えない。ただのっぺりとした乳白色が光景を覆いつくしている。

ふと気づくと、その窓ガラスにマサムネの顔が映っている。気配もなくタマキの後ろに近づいてきていたのだ。そのマサムネにタマキは、

「ホラー映画にこういうのがあったね」

後ろを振り向かずに声をかけた。

「霧のむこうに得体の知れない化け物がひそんでいるというのはなかなかに想像力を掻き立てるモチーフだ」

窓ガラスに反射したマサムネが呪文を唱えるような口振りで返した。

「霧は様ざまなものが眼に見えず、未分化なまま犇きあっている状態の象徴なんだ

よ」

「…………」

「それはもやもやとした、はっきりとしたストーリーの流れもない、ほとんど気分だけがそこにあるような夢に似ている。君もそういう夢を見たことがあるだろう？これといった理由もないのに、ただ楽しい、ただ悲しい、ただ恐ろしいというような夢を。時にはそんな感情すら伴わず、ただただ茫漠《ぼうばく》とした時間空間だけがひろがっている――。僕はそういう夢をよく見るよ」

「…………」

「様ざまなものがクリアに明示され、きちんとした因果によって連鎖している状態もいいけれど、僕はまた、様ざまなものが眼に見えず、未分化なまま犇きあっているような状態も好きなんだな。結局、眼の前に提示されるものは何でもいいのかも知れない。もちろんそれが自分やそれに繋がるものに害なすものであれば、それ相応に対処はするもののね」

マサムネがなぜそんなことを呟き続けるのかよく分からなかったが、何にせよ、この霧がその引き金になったことだけは間違いない。そしてそんなところに、

「なに寝ボケたことを言ってんだ？」

タジオが近づいて毒づいた。

「そういえば、ゲップの出るような霧という言いまわしを読んだ記憶があるが、あ

れは誰が言い出したんだっけ」

なおもそんなおかしなことを持ち出したマサムネに、タジオは「さあ、俺は聞いたことがないな」とあっさり切り捨てた。

そんないっぽうで、テーブルについたままの倉科のあたりで、

「管理人さんに訊いてみたが、霧がいつ晴れるかという予報は届いていないそうだ」

「そうなるとそろそろ外に捜しに出ることも考えなきゃならないんじゃないですか。もしもこのまま日が暮れてしまったらどうにもなりませんから」

そんな話が持ちあがっていた。

「実際、どうする？　洞窟探検の要領で、長い腰紐でもつけて出るか？」

「結局そんな感じになるでしょうね」

「ただ、洞窟と違って全方向を捜してまわらなきゃならないぞ」

「ははあ、つまり鵜飼《うか》いの鵜ですね」

するとそこでフクスケがタマキを指さし、

「あ。それならここにぴったりの人材がいますよ。鵜飼いの鵜には打ってつけですから、もうどんどん使っちゃってください」

ああこの女、何ちゅう要らんことを口走るんだろう。タマキは手をあてた顔をがっくりと落とした。

「ああもうそんな顔しないで、人助けだと思ってやりなさい！」

ゆるゆると顔をあげると縋るような眼でじっとこちらを見つめる星羅の視線にあい、こうなればやるほかないんだろうなと覚悟がついた。

「じゃあ、代わりにひとつ願い事を聞いてもらえるかな」

「願い事？　何よ。言ったんさい」

「今朝、どんな夢を見たのか教えてほしいんだけど」

タマキの言葉に、フクスケは「はあ？」とめいっぱい顔を顰《しか》めて、

「何それ。さっきの仕返しのつもり？　あんたも寝ボケたことを言ってんじゃないの」

けれどもタマキは薄く笑って、

「聞きたいのは君のじゃないよ。星羅さんの」

そう返すと、フクスケはぐっと言葉を詰まらせた。


ロープは束がいくつもあるのを既に倉科が倉庫で見つけていたが、調べてみると総延長がせいぜい五百メートルなので、鵜飼いのように一度に複数の人間で捜索するのは小島の範囲内に止《とど》め、もしもそれで何も見つからなかった場合、今度は一人でできるだけ遠くまで出向く、という段取りになった。

第一段階で鵜になるのは男全員の五人。タマキの分担は保養所の南西方向一帯だ。建物の角にある頑丈そうな太い排水管にロープの片方を結わえつけ、そろそろと霧

のなかに泳ぎ出した。

何とか視界がきくのは数メートル程度だろう。すぐ足元の地面だけがはっきり見えて、遠ざかるにつれて徐々に乳白色のなかに溶けこんでいる。これは想像以上に難儀だぞと、タマキは改めて思い知った。ノルマとなった範囲は二十五メートル四方くらいのものだが、この視界できっちり隙なく調べつくすにはよほど網目細かく往復を繰り返さなければならない。そうなると視覚よりもまず声を出すことだ。

「橘さーん、聞こえたら返事をしてくださーい！」

湖の向こう岸まで届けとばかりの大声を何度かあげていると、その合間に横手や後ろから同じように呼びかける声がかすかに聞こえてきた。

島の縁は崖になって、大きな岩が累々《るいるい》と折り重なっている。これは本当に気をつけないと、ついつい足を滑らせてしまいそうだ。もしかすると橘も実際にそうやって滑り落ちているのかも知れない。そう思うとひとつひとつ岩陰を覗きこむ作業もいっそう気が引きしまった。

湖水が音もなく岸辺を洗っている。鳥の声も聞こえない。橘を呼ぶ声だけが遠く近く聞こえてくる。何もかもが白い闇のむこうに没し去って、ひっそりと息を殺しているようだ。そうするうちにさっき聞いたマサムネの言葉が蘇《よみがえ》ってきて、何ともいえない茫漠とした宙吊りな不安に晒された。

振り返ると建物も見えない。岸辺は見えるが、湖の全体像も見えない。ここは本当に湖に浮かんだ小島なのだろうか。本当に周囲には深い森がひろがっているのだろうか。そんな根本的な疑惑までが胸を浸して、何だかどうしようもなく寄る辺《よるべ》なかった。

「橘さーん、聞こえますかー。聞こえたら返事をしてくださーい！」

だけどこの深い霧のなかでは呼びかけている僕らも迷子だ。かすかに聞こえるあの声は僕を呼ぶ声だ。そうやって立場は簡単に入れ替わる。立場が入れ替わるくらいだから、内実も入れ替わっておかしくないだろう。この霧のなかでは何があっても不思議ではないのだ。そんな夢にも似た、理屈にもならない理屈がすんなり受け入れられてしまうほどの霧だった。

恐らくこのあたりからが自分の受け持ちだろうという湖岸を、念のために範囲を越えてひと通り見てまわった。岩の折り重なった場所は、その隙間にはいりこんでしまっている可能性を考えて特に入念に。しかし結局湖岸では見つからず、そうなると崖上に戻って、切れぎれに続く藪のなかを捜さなければならない。あそこがいちばん難儀だから後まわしにしたのだが――。

足場の悪い砂地の坂をひいひい言って登る。ふと自分の腕を見ると、グレーの上っ張りに細かな水滴がびっしりとついていた。いや、視界が部分的に滲んでいるのは睫毛《まつげ》も同じ状態だからだ。顳顬《こめかみ》からゆっくり垂れ落ちているのも汗ではなく、髪に溜まった水滴が寄り集まってのものだろう。このままずっとこの霧のなかにいれば、やがてすっかり濡れ鼠《ねずみ》になってしまうに違いない。

「橘さーん。いたら返事してくださいよー！」

先に大声で呼びかけておいて、返事がないので藪に踏みこんだ。四方から突き出る枝々やそこに絡みつく棘《とげ》だらけの蔓草が顔や手を引っ掻き、たちまち揉みくちゃになってしまう。のび放題の下生えもバリケードのように行く手を阻んで、こんなところを隈《くま》なく捜すのは割れガラスの山を踏破するようなものだ。あーあ、えらいことになっちゃったなあ。思わずそんなボヤキを声に出して洩らしながら下生えを掻き分けていたさなか――

「おーい」

かすかに声が聞こえてきた。

何だかひどく切迫感を帯びた声だ。見つかった？　タマキは慌てて逆戻りして藪から抜けた。

「おーい、来てくれー」

塚崎の声らしい。ロープを辿って建物に駆け戻る。塚崎の受け持ちは小島の北東方向だったはずだ。腰紐だけ解いて南まわりに建物の周囲を迂回し、車庫前を通り過ぎたところで、南東方向を受け持ちのタジオが腰紐を解いているのとぶつかった。

不時子やフクスケの声も混じってけっこうな騒ぎになっている。タジオとは無言のままちらりと眼を見交わしただけで、そちらに急いだ。

いた。塚崎らしい人影が大きな身振りで女三人らしい影に何か言っている。そのむこうからやってきたのは倉科らしい。至近距離まで近づいてようやくその姿がはっきりした。

塚崎が再び霧のなかに逆戻りして消えた。残されたロープを辿って倉科がそのあとに続く。次いでタジオが。そしてタマキもロープをつかみあげ、手のなかで滑らせてあとを追った。

こちらも小島の縁は岩だらけの崖になり、ロープはその下へと続いている。その途中でさすがに先行組も団子になっていた。「おっと」と足を滑らせかけた倉科に「気をつけてくださいよ」と塚崎。そして岩場の先の岸辺まで直行して、

「あれです。見えるでしょう」

塚崎が湖の先のほうを指さした。

ぎりぎり水際に並んでその方向に眼を凝らす。湖面が乳白色のなかに消え去っているその少し先に――確かに見える。うっすらと人間らしい形の影が横たわっているのが。

「あれが……橘さん……？」

小刻みな震えが湧きあがってきて、歯がカチカチと鳴り出した。

「あそこならまだそれほど深くないはずだ」

言いながら塚崎がザブザブと湖にはいっていく。倉科とタジオもすぐそれに続き、

タマキも震えながら靴を水に沈めた。

水はすぐに足首から膝、膝から腿へと這いあがった。間違いなく人だ。俯《うつぶ》せになって水に浮かんでいる。そしてどうやら橘に間違いなさそうだ。

もう腰まで来た。そして腹に。胸に。そこで塚崎が漂泊物のところに着いた。そしてその体をぐるりとひっくり返す。真っ白に色の褪《さ》めた顔にタマキはぞっとした。濡れた髪がおどろに貼りつき、かなり人相が変わってしまっているようにも思えたが、それでも間違いなく橘だった。

「う……え」

吐き気がこみあげて、タマキは顔を背けた。

「何てことだ」

倉科の放心した声。

「どうなってるんだ」

塚崎の絞り出すような声。

そしてそれきり誰も言葉を発さなかった。タジオを加えた三人は無言のまま橘を取り囲み、岸辺の方向にその体を押し戻していった。

マサムネはどうしてここにいないんだろう。不意にそんな想いが脳裡《のうり》をかすめた。

タマキは身を屈め、鼻まで湖面に沈めながら、しばらく眼の前の光景を見ていた。濛々《もうもう》と立ちこめる霧。そのなかを背を向けた三つの影が仰向けの遺体を取り囲み、黙々と押し進んでいる。少し距離が開くと、すぐにそれらの姿がうっすらとぼやけ、乳白色の薄絹のむこうに溶けこんでしまいそうになる。慌てて距離を詰めると、また鮮明さを取り戻す。

まるで曳航《えいこう》し、される船たちのようだ。そう思った。

何て不思議な光景なんだろう。何て恐ろしくも厳《おごそ》かで、それでいて夢のように美しい光景なんだろう。タマキは死者を悼《いた》むというのとはちょっと違うところで、その光景の不思議さそのものに涙ぐみそうになった。

問題篇の問題

事態がこうなってしまった以上、もう一刻も猶予はならない。ただちに部長の塚崎から警察に通報した。ただ予想していた通り、今のような霧の状態が続く限り駆けつけることはできないという。そのために現場の状況や事件発覚までの経緯の詳しい説明が求められ、そのやりとりにかなりの長時間を要した。

その間に遺体の引きあげに携《たずさ》わったマサムネを除く男四人は着替えがあるものはそれをすませ、ない者はバスタオルを腰に巻きつつ、着ていた衣服を脱水機にかけるなどした。

こうした場合に現場の保存が重要だというのは全員の共通認識だったが、警察の到着がいつになるか分からないまま橘の遺体を岸辺に放置しておくのはさすがに忍びなく、彼が使っていた部屋のベッドにビニールシートを敷き、そこに運び入れた。

「新藤さん、医学部でしたよね。こういう状況なので、今の段階で検視をしておいたほうがいいと思うんですが」

遺体をシートの上に寝かせ終え、ほっと息をついたところで、塚崎がそう提言した。

「私、まだ四年生だし、もちろん法医学の専門的な勉強なんてしていないわよ」

不時子は慌てて手を振ったが、

「それでも基礎的なことは学んだでしょう。せめて死因は何なのか、それにおおよその死亡推定時刻とかは押さえておきたいですし」

「そうだな。是非お願いするよ」

倉科にも後押しされて、不時子はしばらくじっと考えこんでいたが、

「確かに死因もはっきりしないようじゃ何もはじまらないわね。——どこまでできるか分からないけど、やってみるわ」

蒼褪《あおざ》めつつも意を決した顔で遺体に向かった。

遺体となった橘はそんな彼女などよりもっと血の気がなく、まるで膚《はだ》の下に水色の染料を溶かしこんだようだった。その顔に触れる一瞬、不時子の緊張は傍目《はため》にもぴりぴりと感じ取れるほどだったが、顔や首を左右から窺い見たり、頭髪を指で分けるように探ったりするうちにたちまち作業に没頭していった。

上着の前を開き、シャツをはだけさせて胸や腹も綿密に観察する。「ちょっと手伝って」と塚崎の力を借りて遺体を横向きにし、背中を調べもした。袖《そで》や裾《すそ》をまくりあげて腕や脚も。そんな作業を十分ほど続けたのち、衣服を元通りになおしながら、

「これといった外傷はなさそうね。腰まわりまでは見てないけど同じでしょう。首を絞めたような痕《あと》もなし。だけど溺死《できし》でもないと思う」

　誰にともなくそう言った。

「溺死でもない……」

　鸚鵡《おうむ》返しに呟いたのは倉科だった。

「ええ。肺に水がはいっている様子はないから」

「じゃあ……死因は？」と、恐る恐る星羅。

「残念ながら私には分からなかった。とにかく死んでから湖に投げこまれたのは間違いないと思う」

　塚崎が唸るように、

「だったらやっぱり殺されたんだな。毒か？　その可能性は？」

「可能性はあるでしょうね。それ以上のことは分からないけど」

「死亡推定時刻はどうなんですか」

　それまで遠慮して黙っていたフクスケが我慢できなくなったように口を挟んだ。

「死後すぐからずっと水に浸《つ》かっていたとすると、体温の推移はもちろん、死後硬直の具合もずいぶん違ってくるだろうし、水中では死斑《しはん》があらわれにくいということもあるしで……正直私にはよく分からないわ」

　不時子はきっぱりと首を横に振った。

「おおよそでもいいんですけど」

喰いさがるフクスケに、

「顎や首を中心に硬直がはじまってるから最短で二時間はたってると思うけど、最長のほうは本当によく分からない。五時間なのか、十時間なのか――」

「それだけでも充分有難い情報だね」

倉科が労《ねぎら》うように温かい言葉をかけたが、その横で塚崎はスマホで時間を確かめ、

「とはいえ、今が十二時四十五分か。今朝、橘以外の全員が顔をあわせたのが十時頃だから、それよりあとに殺害が行なわれたはずはないし。もし十時間とすると、夜中の三時前ということになるが」

そこでフクスケがあっという顔で、

「そういえば夜中の三時頃にはもう霧がこういう状況だったんですよね。ということはやっぱりそれより前じゃないんですか。こんな霧のなかで橘さんの遺体を湖に投げこむなんて犯人にも難しかったはずですから」

「そうだね。僕らもロープを使って、ようやく湖まで往復できたくらいだから」

縁なしメガネを押しあげながら頷いた倉科はぐるりと一同を見まわして、

「とにかく場所を移そう。とりあえず一服して落ち着こうじゃないか」

しかしその提案に星羅が怯《おび》えをあらわにして、

「だけど、もしも毒が使われたのなら――」

その言葉に、その場の大半の者がぴくりと頬を引きつらせた。もちろんそれは未《いま》だ誰も口にしてはいないが、もしもこれが殺人なら、その犯人はこのなかにいるという共通了解のせいにほかならなかった。そしてその空気を振り払うように、

「缶やペットボトルならひとまず安全だろう。我々にも毒を使うつもりなら捜索前の食事のときを狙ったはずだし。まあ、今後は各自せいぜい気をつけるということで」

倉科は努めて軽い口調で移動を促した。

銘々《めいめい》飲み物を携え、寄り集まった食堂はどんよりした空気に支配された。普段と変わらない立ち振る舞いでいるのは倉科とマサムネとタジオくらいのものだ。それでもようやくひと息ついたかという状況で、

「ひとつ思っていることがあるんだが、犯行が霧が今ほど濃くないうちに行なわれたのなら、必ずしもこのなかに犯人がいるとは限らないんじゃないか。外部の人間の犯行という可能性も充分あるだろう」

頃合いと見たのか、倉科が事件に関する検討の口火を切った。

「ええ。それは俺も考えてました。ほかの者が全員寝静まったあとで犯行が行なわれた可能性は充分ありますね」と、塚崎。

そこで不時子が、

「銘々が起きた時間は申告しあったけど、その前に何時頃に寝たかも申告しましょうよ。私は十二時過ぎだったわ。いつも割と早寝早起きのほうだから。星羅ちゃん

も同じ頃に寝たのよね」

「はい。いっしょに電気を消して、あたしもすぐに寝ちゃいました」

「僕は一時過ぎだったかな」

倉科に続けて塚崎も、

「俺が寝たのは二時頃でした。なお、寝る前に窓の外を確認はしなかったので、その頃既に霧が出ていたかどうかは分かりません」

タジオもそれを引き継いで、

「俺ら三人は同室で、タマキが寝たのが十二時ちょっと前。俺とマサムネが二時頃。やはり窓の外は確認せずにです。それと、はっきり起床時間を申告していなかったですが、俺が起きたのは八時半。マサムネもそのすぐあとでした。タマキが十時ちょっと前」

するとフクスケが呆《あき》れたように、

「十時間もよく寝られるよね。起こされなきゃまだまだ寝てたんでしょ。よく脳が腐らないこと」

「人のことはいいだろ。さっさと自分の申告をしろって」と、タマキ。

「ええっと、十一時半頃自分の部屋に戻ったあと、一時半頃まで粘って沈没。九時半頃に起こされたのは申告済みよね」

「たっぷり八時間寝てるじゃないか。起こされなきゃ自分だってどれだけ寝てたか」

「睡眠不足はお肌の敵だもの」

そんなやりとりで空気が少し溶けほぐれたところで、

「いちばん遅く、二時まで起きていたのが塚崎、タジオ君、マサムネ君の三人か。霧が深くなる三時までわずかに一時間しかないわけだが……しかしどのみち、あくまで自己申告によるものだから、ここから確定的な結論を導き出すのは難しいだろうな」

倉科がそう言って口を結んだが、すかさず塚崎が、

「でも、全員の申告が本当だとして、その一時間のあいだに外部の人間が犯行に及んだ可能性は充分ありますよね」

「その場合、外部の人間は車で来たわけね」

不時子の言葉に、

「管理人さんを除いて、それ以外は考えにくいでしょう」

と、塚崎が補足した。そして髪のなかに手をさしこんでクシャクシャと掻きまわしながら、

「車を運転できる外部の人間か。たまたまやってきた通り魔や押し込み強盗の類いじゃないはずだな。はじめからターゲットは橘だったはずだ。つまり、そいつはあらかじめ彼がここに来ることを知っていた――」

「そうなると……結局ミステリクラブの人間ってことになりません？」

星羅が恐る恐る口を挿んだ。それに対して倉科が、

「うちのクラブ以外で、彼がここに来ることを知っていた人物もいないわけではないだろうが、クラブの内部事情にまるで不案内な人間にとって、外から侵入して犯行に及ぶには相当なリスクを覚悟しなきゃならないだろうな」

そう言い据えると、再び重い空気がひろがった。

「やっぱり……そういうことになりますよね」

そうして星羅はじっとしてはいられないというように立ちあがり、飲み終わった容器を回収しながら、

「もしもミステリクラブの人間が犯人だとしたら……合宿に参加している側もしていない側も、動機という面からは条件は同じですよね」

それには倉科が真っ先に「いや」と遮り、

「我々と不参加組とのあいだには大きな違いがあるよ。橘の〈犯人あて〉を聞いたかどうかという点だ。殺害の動機にあの〈犯人あて〉が絡んでいるケースは、橘が事前に誰かにその内容を洩らしていない限り、不参加組にはあてはまらないだろうからね」

その指摘に星羅はハタと手を止めて、

「ああ、そうか。そうですよね。……でも、実際、そんなことがあり得るんでしょうか」

そこで不時子もそうした見方を持ち出したのは自分が先だというように、

「ないとは言えないでしょう。図らずもあの『読んではいけない』のなかでも〈犯人あて〉の内容が動機に関わっている可能性が取沙汰《とりざた》されていたけど、事実、解決篇の原稿が持ち去られている点からしても、そう考えるのがいちばんしっくりくるでしょうし」

「ということは、やっぱり解決篇の内容をほかの人間に知られたくないという……？　でもそのためには、犯人がはじめからその内容を知っていないといけないですよね」

星羅は言いながら容器をゴミ箱に放りこんだが、

「そうとも限らないわ。問題篇を聞いてそこで初めて解決篇にマズいことが書かれているに違いないと察知し、驚いたというケースも考えられるわけだから」

星羅は考え考え、「なるほど」と呟いた。そこで倉科が、

「そうなると不時子君の指摘通り、いよいよ『読んではいけない』の登場人物と我々ミステリクラブ・メンバーとの対応関係が問題になってくるね。そうだな。改めて図にして整理してみようか」

そう言って食堂を見まわし、奥の小さなテーブルの上にアンケート用紙とボールペンを見つけた。そして持ち帰った用紙を裏返しにして、上の段に、

●宝条大学ミステリクラブ
精進佳奈美　（四）
河口栄太　（三）
山中達也　（三）　出題者　出題前に原稿が行方不明
本栖忠幸　（三）
西　（二）
十和田彰彦　（四）
諏訪星羅　（一）

下の段に、

●香華大学ミステリクラブ
倉科恭介　（四）
新藤不時子　（四）
橘聖斗　（三）　出題者　出題後に原稿が行方不明
塚崎史朗　（三）
諏訪星羅　（一）

と書き並べ、精進佳奈美と新藤不時子、山中達也と橘聖斗、十和田彰彦と倉科恭介、上下の諏訪星羅を線で結んだ。

「塚崎は上の河口栄太と本栖忠幸のどちらに該当するか、今のところはっきりしない——と、こうだったな。こうしてみると、河口と本栖のどちらか、及び、苗字しか書かれていない西というのが余るが、この二人にも我がクラブのなかに対応する人物がいるかどうかというのが気になるね。その点、どう思う?」

倉科は敬意を示してか、その疑問をまず不時子に向けた。

「どうかしら。私は西という人物のファーストネームが書かれてないのはうっかりミスなんかじゃなく、意識的にそうしたと思うから、該当するメンバーはいないんじゃないかと思うの。それに今ふと思いついたんだけど、橘君以外で運転免許を持ってて、実際ここに自分の車で来てるのはあなただけじゃない。作中の十和田彰彦も運転ができるという点で共通している。そしてその人物はどういう理由でか、作中では合宿不参加組にしておく必要があった。だけどいっぽう、合宿参加組に車で来た人物も出す必要があったので、そのために西という現実とは対応しない人物を持ち出してきたんじゃないかと」

「ははあ、なるほど。説得力があるね。では、河口と本栖のどちらかについては?」

それには不時子もちょっと渋い顔になって、

「そちらはちょっと。三年生で橘君が登場させそうなうちの主要メンバーとなると、時本《ときもと》君とか芹沢《せりざわ》君あたりかと思うけど、それは塚崎君のほうが分かるんじゃない？」

水を向けられてそちらも戸惑い、

「そう言われても困りますね。自分がどちらに該当するのかも分からないのに、残り一人が誰なんだと言われても」

倉科は軽く鼻で笑って、

「では数あわせはひとまずそれくらいにして、問題は橘があの話にどんなメッセージをこめていたかだね。いや、もしかすると橘にはそんな意識はなかったかも知れないが、犯人にとって殺人を犯してまでも公開を阻止したかったのは何だったかという問題だ」

すると塚崎が眉根を寄せて、

「だって、そうまでして闇に葬り去ったわけでしょう。もう今となっては分かるはずないいんじゃないですか」

「もちろんそうかも知れない。ただ、少なくとも犯人には問題篇だけ聞いて、解決篇に致命的なことが書かれていることを察知できたわけだろう。そのことから、我々にも何か推測する余地《よち》が少しでもないものかと思ってね」

悠然と言い渡されて、

「そう言われると弱いですねえ」

塚崎は腕組みして大きく首をひねった。その苦吟ぶりをしばらく眺めていた倉科

は、

「もちろん君たちも何か気づいたことがあれば遠慮なく言ってくれていいんだよ。むしろ部外者のほうが客観的な眼で見られるかも知れないしね」

高校生四人に向けてもそう声をかけた。するとそれまでウズウズしていたようにフクスケが、

「あの、その前にちょっと確認しておきたいんですけど」

「何だい」

「もし内部の人間が犯人だとしても、あたしたちは容疑の圏内から除外してもらっていいんですよね」

円《つぶ》らな瞳をパチクリさせての訴えかけに、倉科は今度は声をあげて笑って、

「そんなことか。だったらご心配なく。――と言いたいところだけど、それは駄目だね」

「どうしてですか」

さらに大きく眼を見張ったフクスケに、

「我々にも某《なにがし》か、過去に橘さんとの繋がりがあった可能性を排除できないからだよ」

マサムネが代わって口を挿んだ。

「そういうこと。ないことを証明するのは悪魔でも難しい。〈悪魔の証明〉と呼ばれる所以《ゆえん》だね」

倉科は白い歯を覗かせつつ、気の毒げな面持ちも窺わせた。

「そうかあ。まあ言われてみればそうだけど、ガッカリ」

フクスケはそれでもさほど落ちこむ様子もなく、

「じゃ、最初の問題に戻りますけど、犯人が解決篇の原稿を持ち去った理由として、あの『読んではいけない』のなかにも書かれていたことを応用できるんじゃないですか。まず、犯人は過去に何か悲惨な目に遭った。そして今回の〈犯人あて〉の問題篇を聞いているうちに、犯人はその悲惨な出来事が橘さんのせいで起こったことに気がついた。犯人はその報復で橘さんを殺害し、動機が発覚するのを防ぐために解決篇の原稿を持ち去った――」

一拍置いて、

「うん、そうだよ。ああ、もうどんどんそうとしか思えなくなってきた。きっとそうだよ。そうに違いない！」

タマキは素直に感嘆の声を発したが、その想いは大学生たちも同じらしいことが表情から見て取れた。

「ミステリでは常套《じょうとう》的なパターンだが、うん、僕もその線が妥当かと思うな。多分、問題篇のどの部分からそれが読み取れるのかは過去の出来事の当事者にしかなかなかピンと来ないんだろう。ただ、それでも何か、ちょっとしたヒントでもつかめないかと思ってね」

倉科は引き取って続けたが、そこで星羅が、

「でも……その線を追究するのは、このなかに犯人がいるというのが前提ですよね」

「それは解決篇が持ち去られたという事実を軸にする限り、仕方ないね」

「推理がそんな方向に流れるように、外部の人間がわざと持ち去った可能性もあるんじゃないですか」

それにはタマキもあっと思ったが、

「ミスリードのための偽の手がかりか。それはなかなか鋭い指摘だね」

倉科もうんうんと頼もしそうに頷いた。と、そこで塚崎が、

「でも外部の人間はあの問題篇の内容を知らないはずですよね。そんな人物にそんな偽の手がかりを残す発想ができるかどうか。……あ、いや、殺害前後に問題篇の原稿を読んだ可能性はありますが、それにしても夜中に侵入したときは既に殺意があったはずですから、そもそも問題篇によって殺意が生じたという前提に反するじゃないですか。……いや待て、それとも――」

額に手をあて、宙に視線を彷徨わせながら、

「犯人は殺意なく訪ねてきた？　不参加組だったメンバーが時間があいたか何かでいきなり車でやってきて……遅ればせに問題篇を読ませてもらったところ、そこで初めて橘が報復の相手だったことに気づいたとか？　ああ、これなら可能性はあるんじゃないですか」

考え考えその結論に至った。

「うん、これもまた鋭い指摘だね。じゃ、まずそこから考えてみようか。二時から三時までの一時間について、もっと綿密に。申告によれば夜中の二時まで起きてた者が三人いるわけだが、実際のところ、どうなんだろう。それまでに車で来た者がいたとしたら、それに気づくか気づかないかという点なんだが」

倉科の問いかけに塚崎が、

「二時以前に訪問者が来た可能性ですね。うーん、どうなんだろう。俺の部屋は一階なのでライトがカーテンに映りそうなものだと思うし、玄関のすぐ東側だったので誰かはいってきたら分かるんじゃないかと思うんですが、それでも必ずという自信はないですね」

続いてタジオが、

「俺たちの部屋は二階だし、ますます自信はないです」

そこでマサムネも、

「この問題に関しては、午前二時の時点で橘さんが起きていたかどうかというのが大きなポイントになると思います。というのは、もしも橘さんが既に寝ていた場合、部屋の明かりがついていたのは塚崎さんの部屋と僕らの部屋の二つだけだったわけですね。なおかつ、訪問者には橘さんがどの部屋にいるかは分からないはずでしょう。さらに、訪問者は部外者である僕ら四人が宿泊していることも知らないはずです。その場合、訪問者は二つの部屋のどちらか、現実的にはより玄関に近い塚崎さんの部屋を訪ねるのが自然でしょう。それなのに訪問者はまっすぐ過《あやま》たず橘さんの部屋に向かったと思われる。そうしたことから、橘さんはまだ起きていて、しかも訪問者は事前に橘さんと連絡を取り、橘さんがどの部屋にいるかを知っていたと考えるべきではないでしょうか」

そんな自説を展開してみせると、真っ先に星羅が「凄い」と感嘆の呟きを洩らした。

「なるほど、なるほど。全くもってごもっとも」

塚崎も驚きを押し隠すように唸ったが、

「そこで、本当にそうだったのか、橘さんのスマホの履歴を確認してみませんか」

続けてのマサムネの指摘にはっと眼を見張り、「そうか」と言うが早いか、すぐさま橘の部屋にすっとんでいった。そしてたちまちスマホを片手に持ち帰ってきて、
倉科も見守るなかで操作していたが、

「発信の最終履歴は昨日の午後六時十三分。相手は中野瑞貴《なかのみずき》……聞いた名前だ。確か奴の元カノだな。着信の最終履歴も昨日の午後四時四十二分で、相手は……家電ショップだ。メールやラインのほうは――」

再び操作を続けて、

「少なくとも〈犯人あて〉の朗読以降、発信も着信もないか」

その結果を受けて倉科が、

「もしも朗読以前に橘に連絡があって、夜中に途中参加する者が来ると分かっていれば、橘がそのことをみんなに伝えないはずはないだろう。従ってそんな連絡はなかったと見るのが妥当かな」

いったんそう結論づけて、

「そもそもあの問題篇の原稿を読み通すのにどれくらい時間がかかると思う？」

それには不時子が、

「朗読ならそれほど大差はないでしょうけど、読む場合は人によって全然違うでしょうね。それでも早い人でも十分、私みたいにじっくり読みこみたい人なら三十分以上かかるんじゃないかな」

倉科は大きく頷き、

「そう。二時過ぎに車で来て、橘の部屋を訪ね、問題篇の原稿を読ませてもらい、そこで初めて殺害の動機が生じる。そして実際に殺害し、その遺体を湖に投げこみ、すべての後処理をして車で立ち去る。それがちょうどそこしかない一時間にぴったりおさまるというのはあまりにも都合がよすぎるんじゃないだろうか。そもそも僕はそう思うんだよ。それにもう一点、厳密に言えば、外部からの訪問者が〈犯人あて〉の内容を知らなくてもその紛失を偽の手がかりにすることはできる。ただ単にその原稿を持ち去るだけで、我々がそこに何らかの意味を見出そうとして、勝手におかしな方向に推理を進めていくだろうことが期待できるからね。ただ、それはあくまで我々素人《しろうと》探偵に対して期待できるだけで、肝腎の警察に対してはほとんど無効だろう。そんなわけで、僕は偽の手がかりという可能性もまずないだろうと思っていたんだよ」

「結局、侵入者犯行説の可能性はほぼゼロってことね」

不時子が言うと、塚崎も「残念ながら」と首を垂れた。

「しかし、それにしても君たち高校生の面々は凄いね。さすが看板に偽りなし。汎虚学研究会なんて名乗るだけのことはあるよ」

倉科は改めて賞賛を惜しまなかったが、

「それはいいですけど、犯人はこのなかにいることがはっきりしたんですよ。そんなにゆったり構えてていいんですか」

フクスケが早く次の展開に進んでほしそうにやきもきした様子で言った。いくら嫌疑の範囲から完全に除外されていないとはいえ、やはり傍観者気分は払拭できないのだろう。

「ゆったりしているつもりはないんだが、実際この先、容疑を絞りこんでいくとなるとどうしても気が引ける部分があってね。それにこの先を検討するにはどうしてもあの『読んではいけない』の真相というところに踏みこまざるを得ないだろうし」

そこで不時子も、

「橘君の想定した正解ね。確かにまずそれを明らかにしておかないと、隠されたメッセージを読み解く上で不充分でしょうね」

「結局、答あわせの時間になるのか」

塚崎がひょいと肩をすくめたが、倉科はぐるりと一同を見まわして、

「もちろんみんなそれぞれ解答を準備していると思うけど、ここでの目的は各自の答あわせではなく、あくまで真相はこうだろうという検討だから、わざわざ持ち寄ってつきあわせる必要はないよ。——ということで、このなかでいちおう解答を出せた者は手を挙げてくれるかな」

呼びかけると、オズオズとの者も含めて自分以外の全員の手が挙がったので、タマキはその場から消え去ってしまいたいくらいに打ちのめされた。

「でも、正直難しかったわ。フックになりそうな部分がなかなか見つからなくて」

不時子がそう言ったのはそんなタマキへの労《いたわ》りだろうか。

「あたしもあんまり自信ない。はじめはもしかして叙述モノかなと思っていろいろ考えてみたりして——」

そんなフクスケもオズオズと手を挙げた組だ。

そこで倉科はおもむろにはずした縁なしメガネをクロスで磨き、またかけて、

「さて、では、この七人の解答が同じかどうかだけど、僕から確認しよう。これはアリバイ・トリックの問題ということで間違いないね？　そこはいい？　結構。そしてその具体的な方法は死体の——」

腕のなかで命が

真っ暗だった。

どこにも一点の光もない。墨を流したような闇、鼻をつまれても分からない闇という言葉があるが、まさにそれだ。

それでもそこにはじりじりと肩にのしかかるような、ひたひたと背後に迫り来るような不穏な切迫感が充《み》ち充《み》ちていた。

そして音。

ごうごうと耳を聾《ろう》する音。地の底から轟《とどろ》き伝わってくる音。全身の体毛を震わせて鳴り響く音。これはいったい何なのだろう。

それだけではない。揺れている。右に、左に。いや、上下にもだ。急降下するエレベーターに乗ったような、内臓が宙に浮く感覚に周期的に襲われる。地軸そのものが不安定に揺れ動いているのだ。

傾《かし》ぐ。どんどん傾いでいく。横倒しになるかと思うほどに。そしてそれがいったんピークに達すると、今度は大きく逆方向へ。そんなことが何度も何度も繰り返されていて、気分が悪くなりそうだった。いや、もうとっくに悪くなっているのかも知れない。この喧《やかま》しく鳴り響いている音がその自覚を邪魔しているのだろう。

突然、凄まじい轟音《ごうおん》とともに衝撃が襲った。地面がバネ板のようにバウンドし、もう少しでその場に打ち倒されそうになった。それとともに数知れない悲鳴や怒号が湧きあがり、騒ぎがいっそうひどくなった。

やや遅れて甲高い警告音が鳴りはじめ、それによって不穏な切迫感が骨の髄まで喰いこんできた。

そうだ。大変なことが起こっているのだ。大勢の人命に関わる何か。大惨事。天地がひっくり返るような何かが――。

とにかくここから脱け出さなければならない。ここに居続けても何も分からないし、危険だろう。何より本能が一刻も早く逃げ出せと喚《わめ》いている。慌てて手探りで歩を進めると、壁らしいものに突きあたった。壁も床とともに激しく揺れている。その壁を横方向に探っていくと、ドアらしい部分が見つかった。急いでそれを引きあけ、外に――外？――内も外もないかも知れないが、そのときはそう思ったように、とにかく外にとび出した。

悲鳴や怒号がいっそう大きくなり、何人もの人の気配が生々しく感じられた。それどころか実際に人がぶつかってきて、何歩かよろめくと、また別の人にぶつかって転ばされそうになった。ここは大勢の人でごった返しているのだ。ドタドタと足を踏み鳴らす音。何かがざあっと床に投げ出される音。ガラスが次々に割れ砕ける音。警告音もこの場のほうが音量が高い。何よりも大きな違いはこの空間はのっぺりした闇一色ではなく、緑色の非常灯やバーカウンターらしいむこうから洩れるオレンジ色の光や揺れ動くいくつものスマホのブルーライトによって、右往左往する人影が部分的に窺い見えることだった。

そこで息子の名を呼んだ。まだ五歳の息子。近くにいるはずだ。この騒ぎのなかでどうにかなってしまっているのではないか。そう思うと矢も楯もたまらず、何度も何度も繰り返し名を呼んだ。

人びとはある方向に殺到しようとしていた。パニック状態での避難行動の集中ほど恐ろしいものはない。ましてろくに何も見えない闇のなかだ。そちらの方向から折り重なって聞こえる死に物狂いの悲鳴からは、既にどうにもならない鮨詰《すしづ》め状況が生じていることが察せられた。

まさかあんななかに巻きこまれてはいないだろうかと、ますます物狂おしく息子の名を呼んだ。その場には親とはぐれ、「パパ」「ママ」「お父さん」「お母さん」と泣き叫んでいる子供も何人かいた。その一人一人をつかまえ、わずかな光で顔を確かめていく。やがて「父ちゃん」という声を聞きつけ、慌ててそちらを捜しまわった末にやっと息子を見つけたときは、普段「父ちゃん」と呼ばせていた幸運をつくづくと嚙みしめた。

よほど恐《こわ》い想いをしたのだろう、抱きあげるとぎゅっとしがみついてきた。

そこで再び凄まじい衝撃が起こった。床が撥ねあがり、傾いて、そのまま何メートルもふっとばされた。慌てて投げ出された息子に駆け寄ったが、痛そうにしながらも無事な様子なので、心底ほっとした。

とにかく危機が迫っている。脱け出さなければ。あそこではない、どこか別のルートから。急いであちこち見まわして、バーカウンターの裏に眼をつけた。思うより早く足がそちらに向かう。割れ砕けた瓶やグラスを踏み越え、カウンターの後ろにまわりこみ、オレンジ色の照明のなかでゴチャゴチャした区画をあちこち捜すと、横幅のやけに狭いドアが見つかった。

そこを抜けた先は再びいちめんの真っ暗闇だった。狭い通路だ。そこを人びとが遽《あわただ》しく駆け抜けていく。その流れに加わり、息子を抱えたまま懸命に走る。激しい震動とともにギャギャギャギャギャギャギャと巨大な金属どうしが捻《ね》じれあう音が轟いて、今にもすべてが崩落してしまうのではないかと生きた心地もしなかった。

階段はさらに注意が必要だった。自分が転倒しなくとも、上で起こった将棋倒しに巻きこまれる可能性はある。こんな状況でそんなことになったらおしまいだ。現に「どけ」だの「モタモタするな」だのといった怒鳴《どな》りあいがあちこちから聞こえる。それでも何とかやり過ごし、眩《まぶ》しい光のなかに脱け出ると、そこは大きな船の甲板だった。

帆柱や黒塗りの巨大な煙突や積木細工のような形のブリッジがどろどろした夜空に向かってのびあがっている。ビュウビュウと吹きすさぶ風。ぐるぐると回転するサーチライト。大きく傾いた船縁《ふなべり》のむこうで波しぶきが白く砕け散っているのが見える。なす術《すべ》もなくオロオロと近くのものに縋りつく乗客たち。こけつまろびつ右往左往しているが、どうしていいか分からずにいるのは船員たちも同じようなものだったに違いない。

「座礁《ざしょう》したのか?」「何かに衝突したのか?」「この船は沈没するのか?」「いったい何がどうなったんだ?」「我々は助かるのか?」「どうすればいい?」「きちんと説明しろ!」「はっきり言え!」そんな声また声が途切《とぎ》れなく噴きあがっていた。

そんなところにあとからあとから乗客が押しかけてきて、騒ぎはますますひどくなった。鳴り響く警告音に混じって「ボートを!」「ボートを!」という怒声がとび交う。それにつれて人ごみは船員を追い立てるようにして一方向へ流れ、再び群衆の殺到が起こりそうな雲行きになっていった。

再度、再々度の凄まじい衝撃。金属を捻じ切る音とともに甲板の傾ぎがさらに大きくなる。いつのまにかブリッジの裏手から黒煙が湧きあがっていて、見るまにもくもくと勢いを増していく。やはりもう駄目なのだ。そんな絶望に囚われるまもなく、逃げ惑う人ごみにぶつかられ、巻きこまれて、船縁のほうへ押しやられていった。息子を抱えたまま転ばないように足を運ぶのが精いっぱいだ。たちまち手すりに押しつけられ、そのあとも人ごみはどんどんふくれあがり、背中にぎりぎりとかかる圧力も増すいっぽうだった。

のけぞりながら振り返ると、真っ黒な海面が逆倒しにひろがっている。そこまでおよそ十五メートルほどか。手すりの外にかかった救命用の浮き輪が視界の端にちらりと映ったが、何人かが奪いあうように引きあげて見えなくなった。

背中が手すりに押しつけられる。痛い。激痛が走る。息子を抱きあげている無理な姿勢なのでなおさらだ。このままでは背骨が折れてしまう。まわりでも悲鳴があがり、「痛タタタタタタ！」「押すな押すな！」「やめて、死んじゃう！」と、阿鼻《あび》叫喚《きょうかん》の様相に押し包まれていった。

そこでそれまでとは桁《けた》違いの衝撃が襲った。甲板はいっきに二十度か、それ以上に傾斜を増し、ただでさえ強烈に床が弾けて、その場に密集していた群衆の大半が他愛《たわい》もなく船外に振りとばされた。

落ちる。

落ちていく。

しがみついてくる息子をしっかりと抱きしめた。

水中に墜落したのはその直後だった。真っ暗ななかでゴボゴボという音だけが鳴り響いて、自分がさかさまになっているのか上向きになっているのかも分からなかった。沈んでいく？　まだまだ沈んでいく？　このままずっと沈み続けていくのではないか？　そんな恐怖でパニックに陥りかけたが、ようやくゆっくり浮きあがっていく感覚に包まれ、そうなったらなったで、早く浮きあがろうと死に物狂いで足をバタつかせた。

やっとのことで水上に顔を突き出すことができたが、ろくに息つく暇もなく大波に頭から呑みこまれ、激しく噎《む》せてこのまま死ぬのではないかと思った。

波のない状況ですら、息子を抱いた状態で立ち泳ぎして、二人が充分呼吸を続けられる状態を保つ自信はない。ましてこの荒れ狂う大波のなかでは到底無理だ。そんな想いから懸命に周囲を見渡し、真っ暗ななかにチラッと白いものが浮かんでいるのが見えたので、藁をもつかむ気持ちで全力でそちらに向かって泳いだ。

白いものはスノーボードくらいの大きさの板だった。板自体も波で木の葉のように翻弄《ほんろう》されているので、手をのばしてもなかなか捕まえられなかった。やっとのことでしがみつき、脇に抱えこむことができて、これでひとまず助かったと心底ほっとした。息子の名を呼ぶと、ぐったり疲れているようだが返事があって、それにも思わず安堵《あんど》の溜息をついた。

そんな状況でようやく船のほうを見た。船はもう四十五度にも傾き、黒煙どころか大きな炎まで噴きあげて、夜空の一角をオレンジ色に染めていた。船縁からは傾けた升《ます》から豆粒があふれるように人びとが次々こぼれ落ちている。きっとこのまま沈没してしまうだろう。もしもそうなら、近くにいるとその渦に巻きこまれていっしょに沈んでいってしまうに違いない。そう思ってまた必死に手足をバタつかせ、できるだけ船から遠ざかろうとした。

板は硬いウレタンのような材質で、何の板なのか分からなかった。板につかまったあとも大波は何度も頭から被《かぶ》さってきて、息を吸うタイミングを取るのに苦労した。波は同じ周期ではなく、時どき思いもよらないタイミングで押し被さってくるので、そのたびに水を飲み、激しく噎せこんでしまう。まわりでもあちこち人の頭が浮き沈みして、その多くは明らかに溺《おぼ》れ、助けを求めていたが、心を鬼にして自分たちが助かることだけ考えた。

波で大きく押しやられたり引き戻されたりを繰り返すので、自分たちがどれだけ泳ぎ進んでいるのかまるで実感がなかった。それでも果たしてどれほどたったあとか、振り返ると船の姿がはっきり遠ざかっていたので、もう少しだと再び力を奮い起こした。

それからおよそ倍の時間をかけて、これなら大丈夫だろうという距離まで離れることができた。はじめはいくつも見えた人の頭が今はもう遠くの波の合間にちらほら見えるだけになっている。大波が相変わらず頭から押し被さってくるなか、空は黒ぐろと鉛色に濁り、傾いた船縁の片端が既に海面に没して、今は砂粒ほどに見える人びとが巨大な渦に呑みこまれていく。その凄まじさ、恐ろしさに体の震えが止まらなかった。

大波が押し被さってくるたびに息子を体で庇《かば》って、少しでも呼吸が確保されるように努めたが、それでも水没を防ぎきることはできない。何せ、まだ五歳だ。息を止めるタイミングもうまく取れないでいる。噎せるたびに「大丈夫か」「しっかりしろ」と声をかけるのだが、その返答も次第に弱々しいものになっていくのが身を切られるようだった。

名を呼びかけ、励まし、背中を撫でる。ただそれしかできないことが情けなく、呪わしかった。むこうも「父ちゃん」「父ちゃん」という言葉を繰り返すだけだ。

誰か、どうにかしてくれ。お願いだからこの子だけでも助けてやってくれ。お願いだ。お願いだ。お願いだ。お願いだ。どうか助けてやってくれ。そうでないと――

そうでないと、神様――

あんたを恨むぞ。

だけどいくらそんなことを願っても祈っても救いの手など現われるはずもない。悪いことに疲労困憊《ひろうこんぱい》している上に、ずっと水につかっているので体温が奪われ、体が無感覚に痺《しび》れて、板につかまり続けていることすら困難になってきているのだ。うかうかしているとふっと睡魔に襲われそうになり、慌てて息子の体を抱きなおすことさえあった。そしてそうなるのを防ぐためにも声をかけ続けたが、息子はやがてろくに返事もできなくなり、水に噎せるその勢いさえどんどん弱々しくなっていった。

　そうなればなるだけ呼びかける声も大きくなる。そうすることで少しでも息子の体に力を吹きこむように。しまいにはほとんど大声で叫び続けていた。そうしてどれほどたっただろう。息子はふとぱっちりと眼を見開き、

「父ちゃん」

　甘えるような抑揚でゆっくりそう呟いたかと思うと、再び静かに眼を閉じた。

　呼びかけたが、反応は返ってこなかった。そのすぐあとに大波を被ったが、もう噎せることさえしない。息子の命の火が今まさに消えゆこうとしているのだ。体を揺さぶり、何度も何度も名を呼びかける。だけど首も手足もぐんにゃりして、布人形のように揺さぶられるがままだった。

　狂ったように名を叫び続ける。涙がどっとあふれ出て止まらなかった。ぐんにゃりした息子の体を胸に抱きかかえ、見境もなく声をあげて泣いた。泣き続けた。波は見渡す限り荒れ狂い、風はごうごうと耳を劈《つんざ》くばかりに轟いて、何もかもが邪悪な牙《きば》を剝き出しにしているようだった。

　どこまでも。

　どこまでも。

　どこまでも――。

＊

それが星羅が見たという夢だった。

「おかしいでしょ。どうして夢のなかであたしが子供もいる男の人になってたのか訳が分かんなくて。でも、そのときは本当に悲しくて悲しくて、眼が覚めたら涙でぐっしょり。あんな夢、初めて」

星羅はフクスケとタマキの前でそう言葉を結んだ。

ひとくさり事件の検討が続いたあと、フクスケが星羅を誘い、汎虚学の男三人の部屋に連れこんで夢の内容を聞き出したのだった。

「不時子さんは幸せそうに寝てたって言ってたでしょ。そんな悲しい夢だったなんて意外」と、フクスケ。

「あたしもえーって思った。そんなに幸せそうに寝てたのかなって」

星羅も納得いかないように首を傾げた。

ひとつの可能性

「どうしてそんな夢を見たのか、思いあたることはありますか？」

タマキの興味はもっぱらそちらだったが、

「ゼーン然。もちろん身内にそんな不幸があったわけでもないし。読んだ小説や観た映画のなかにそういうのがあったかも知れないけど、それも思い出せないし」

「夢判断だとどうなるのかな」

フクスケがそう言ったのは軽い気持ちからに違いなかったが、

「夢の内容にはそれに至った何らかの理由があるというのがフロイト先生のお説だが、タマキがそうだったようにしばしばそういうケースはあるにしても、必ずそうだというのはあまりに乱暴だし、まして夢判断なんてものは数秘術やシェークスピア作品から暗号を読み取る作業と変わりないね」

横で聞いていたマサムネがばっさりと切り捨てた。ちなみに「タマキがそうだったように」というのは、タマキが見た夢が解決に繋がった過去の事件のことを指したものだ。

「え、スウヒジュツ？　シェークスピア？」

眼をまるくする星羅に、タジオがその疑問を引き取って、

「ええっと、数秘術というのは、例えば生年月日や名前から導き出した数字を操作することでいろいろ占ったり、あるいは文字を数字に置き換えることで聖書などの隠された意味を読み解いたりすることですよ。シェークスピア云々《うんぬん》というのは……シェークスピア作品を書いたのは別人だとする説がむこうでは根強くて、その真の作者の有力候補の一人が当時の大哲学者であるフランシス・ベーコンなんですが、そのベーコンが暗号学に詳しかったことから、シェークスピア作品のなかにひそかに隠された暗号を読み取ろうとする流派があるんですよ。——なんて具合で、我々汎虚学研究会は普段からおよそ益体《やくたい》もないことをあれこれくっちゃべって暇を過ごしているもので、こういう話題もすぐにピンとくる下地があるわけなんです」

そう説明すると、星羅はきらきらと眼を輝かせて、

「へえ、全然知らなかった。凄いですね。何だかとってもカッコいい」

「そんなことを女子から言われたのは初めてだな」

タマキは感慨深く呟いた。

「ともかく、どう？　これで満足した？」

フクスケに言われてタマキはドギマギと、

「あ、うん。まあ、その」

「え？　満足ってどういうこと？」

不思議そうに小首を傾げる星羅に、

「いやね、この男が星羅さんがどんな夢を見ていたのか是非知りたいっていうので、それでこのフクスケさんがひと肌脱いでやったってわけ」

「ああっ、それ言っちゃう？　それじゃまるで頭のなかまで覗きたがってるストーカーみたいじゃない？」

タマキは慌てて口走ったが、

「何おかしな言い訳してんの。いや、もしかしたらそうなのかもね」

ケラケラ笑いながらやり返され、これ以上何か言うとますますヤブヘビになりそうなので不本意ながら口を噤《つぐ》んだ。

「でも不思議。事件に全然関係のない夢の話をしたせいか、何だかちょっと元気回復。お礼を言いますね。有難う」

ぴょこんと頭をさげる星羅は実際ひとしきり事件のせいですっかり塞《ふさ》いだ様子だったが、今はかなりの部分、昨日振《ふ》り撒《ま》いていたきらきらした愛くるしさを取り戻している。しかも畳の上にぺたりと婆さん坐《ずわ》りで、チェック柄のフレアスカートから無造作にはみ出した脚と紺色のニーソの取りあわせが眼に眩しい。そうなるとタマキには（恐らくフクスケたちにもそうだろうが）彼女が自分より年上という感覚がついつい頭から消えそうになるのだった。

「お礼なんか言われる筋合いじゃないけど、まあそれはそれとして、事件に話を戻していい？　あたしはやっぱり真相に迫るいちばんの指標は動機だと思うの。でもその線で考えるには、部外者のあたしたちは絶対的に不利でしょう。そこで星羅さんに伺いたいんです。橘さんがどんな人だったか。橘さんを巡る人間関係はどんなふうだったか。そんななかに橘さんが殺されなきゃいけないような理由があったのかどうか——」

フクスケの要望に星羅はうんと頷いて、

「そうよね。それは分かる。何でも訊いて。あたしに分かる範囲のことなら何でも答えるから」

そうして星羅から訊き出したところによると、
橘聖斗は香華大学ミステリクラブの現役部員のなかでも五本指にはいる主要メンバーで、活動にも熱心だ。特に創作には定評があって、年二回発行の会誌にも一年生からの入会以来、必ず何らかのものを発表しているのだが、そのいっぽうで時どきなかなか鋭い評論も書いている。きっと将来作家になるだろうと周囲に思われていた。ちなみに星羅によると、その五本指中四本が、この合宿に参加した彼女以外の四人であるらしい。

文学部史学科。成績はそこそこ優秀。大学近くの寮に住んでいる。本人の申告によると現在彼女はいない。ミステリ以外の趣味は華道で、これを聞いた四人はへえと声をあげた。

部内でいちばん親しいのは同学年の塚崎と、先に名前の出た時本と芹沢というのがいる。うち、時本が先程の五本指の残りの一本だ。また、部外では高校時代からの友人で中丸《なかまる》というのがいるらしい。

ほかのメンバーの人物像もざっとあげると、倉科恭介は法学部。去年までは二年間部長を務めた。たまに創作や評論も発表するが、とにかく頭の切れが鋭い。何かについてひと言発すると、まわりの者がしんとしてしまうオーラがある。読書量、及び蔵書量もピカ一だが、本人はミステリを職業にするつもりはないらしい。

新藤不時子は医学部なので、あと二年は部員でい続ける予定だが、さすがにこれからはあまり頻繁に顔を出せなくなるだろう。倉科と仲がいいので、下級生からは理想的なカップルと映るが、本人たちには特につきあっている意識はないらしい。面倒見がよく、いろんな方面にアンテナが広い。

塚崎史朗は教養学部。部長。橘に次いで創作に熱心。海外ミステリの研究がライフワークだとか。語学が得意で、英・仏・独は原書で読める。最近は北欧の言語も勉強中。部内でいちばんの真面目人間。ミステリ評論や研究で飯は食えないので、なるべく暇で実入りのいい職業に就くのが理想という現実主義的な側面も。ミステリ以外の趣味は釣り。

星羅は自分に関しては部内でいちばんミーハーかつ邪《よこしま》なミステリファンと自己評価した。もしかしたらミステリ以上にBLファンかも知れず、作品内にその要素を見つけ、あれこれ妄想をふくらませるのがたまらないという。彼女発信で部内の女子にそうした傾向がひろまりつつあり、塚崎あたりの眉をひそめさせているそうだ。

「ははあ。それでうちのマサムネとタジオに熱い眼を向けてたってわけ」

フクスケが合点がいったように頷いた。

「そう。うちの倉科さんと橘さんなんかも恰好のとりあわせだったんだけど、こんなことになって本当に残念。実は妄想だけでいえば、恋の鞘当てがあって橘さんが誰か別の人に心を惹《ひ》かれて、それで倉科さんが耐えきれずに――なんてふうに考えると、もうそれだけであと一年くらいは萌《も》えられそうなんだけど。でもこんなこと、うちの部内では絶対言えない」

星羅はそんな恐ろしいことをけろりと言ってのけた。

「うひゃ。これは重症だわ」

「フクスケさんにはそういう趣味ないの？」

「あたしはそっちはもうさっぱりきっぱり。実際には倉科さんと橘さんのあいだにそういう関係はなかったんだろうけど、うちのマサムネとタジオにはちょっと怪しいとこあるから、もしもあたしがそうなら年じゅう萌え萌えでなきゃなんないもんね」

そんな台詞《せりふ》にタマキはアハハと笑って振り返ったが、マサムネもタジオもそれに対して特に異議を申し立てる様子がないのにちょっと驚いた。

「星羅さんには彼氏とかは？」

「あると思います？　三次元でもそんなふうだし、それでなくとも二次元やら一次元で手いっぱいなのに」

「だとは思いましたけど」と嘆息したフクスケは、

「部内にちゃんとしたカップルっているんですか？」

「いるにはいるけど、最近ちょっと幽霊部員と化してるかな」

そこでタマキも、

「部内で何かトラブルや揉め事はありませんでしたか？」

一歩踏みこんで訊いてみた。

「トラブルねえ」

婆さん坐りの星羅は立てた一本指に額を押しあてて考え、

「会誌の原稿〆切《しめきり》がなかなか守られないので、塚崎さんがキレたりってことくらいで、特に揉め事というほどのことは」

「橘さんがいずれ作家になるとみんな思ってたってことですけど、実際に賞に応募したりしてたんですか」

「さあ。そういう話を聞いたことはないけど、自分で口外するとは思えないから応募していても不思議はないかも」

　そこでタジオが、

「作家になるとみんなに思わせるほど長《た》けていた創作能力にやっかみを抱かれていたという向きはないんですかね。確か、あの『読んではいけない』のなかでもそんなことが仄《ほの》めかされていたと思ったが」

　星羅はその指摘に再び考えこんで、

「表立ってやっかみを洩らす人はいなかったけど、これも心のなかのことは分からないものね。なかった、とは言い切れないかな」

「少なくとも表立ってはいなかった。――しかし『読んではいけない』にあえてそんな要素を含ませたのは単なるレッド・ヘリングなのかな。問題篇の最後では動機は考慮しなくていいと口酸っぱく表明されていたが」

「レッド・ヘリングって？」と、フクスケ。

「直訳すれば赤いニシンで、すなわち燻製《くんせい》ニシン。謂《いわ》れについて語ると長くなるんだが、ミステリにおいては推理を誤った方向に導くための餌《えさ》のことだ」

「あ、そうなんだ。星羅さんは知ってた？」

「いちおうそれくらいは基礎知識ということで」

　えっという顔で、その眼をチラリと向けられたので、

「言っとくけど、僕も知ってたからね！」

タマキはすかさず宣言した。

「実は橘さんは嫉妬《しっと》されているのを感じていて、それを『読んではいけない』に投影させたってこと?」と、星羅。

「ということは、その嫉妬の主が犯人? で、その動機を悟られないように原稿を持ち去った?」

フクスケが鬼の首を捕まえたように勢いこんで言い、

「えーっと、『読んではいけない』のなかで出題者の山中への嫉妬を仄《ほの》めかされていたのは——前乗りで泊まりこんでいた河口だったよね。で、その河口と対応していた現実のメンバーは——」

「塚崎さんに対応するのが河口と本栖のどちらかはっきりしないってことだった」

タジオの言葉に一瞬沈黙が割りこみ、

「それって、あの真相と考えあわせれば——」

フクスケの言葉によって沈黙がさらに延長された。

何とも居たたまれない沈黙だった。マサムネやタジオはこの種の沈黙を屁《へ》とも思わないだろうが、少なくとも自分にはそんな図太い神経はないとタマキは思う。だけどここで口にしていい適切な言葉も見つからない。そんなじりじりした苛立《いらだ》ちのなか、「もちろん」と、その沈黙を破ったのは星羅だった。

「倉科さんとこちらのお二人によってあの真相が明かされたときから、何となくそういうことじゃないかというのは頭の隅にあったと思う。思うけど……やっぱりこんなふうに絞りこまれていくとちょっとショック。でもあたしなんかまだ鈍感なほうだから、きっとほかのみんなはとっくにそんなふうに考えてたんでしょうね」

それを受けてフクスケは、

「そういえばあれ以降の重苦しい空気は——このなかに犯人がいるってだけじゃなくて、それが誰かが念頭にあってのものだったわけ」

言われるとタマキも思いあたる部分があって、

「当然、本人もそうだったんだろうね」

「でしょうね。まわりの空気がそうなってるのに本人が気づかないはずないもの」

鹿爪《しかつめ》らしく腕組みするフクスケに、

「何だか不穏な雲行きだな。連続殺人なんてことにならなきゃいいけど」

タマキも眉をひそめつつ窓のほうに眼を向けた。窓の外はいちめん白く濁って、霧が薄らぐ気配はいっこうに感じられなかった。

「それはそうと、あたしは汎虚学の皆さんのことをもっと知りたいけど、いいですか？」

星羅の問いかけに、

「ああ、確かにそうじゃないと不公平ですよね」

それで気の重い流れから逃れられるとばかりにフクスケが言って、

「ええっと、聖ミレイユ学園が中高一貫のミッションスクールなのはもう言いましたっけ。で、うちには部員が三人いて、顧問の先生をつけることができれば新しい部を立ちあげられるという規則があるんですよ。そこに眼をつけたのがこのマサムネとタジオで、まず顧問の先生を確保し、そのあとあたしがひっぱりこまれて。そのとき、新入りが順に部長を務めるというおかしなルールを押しつけられて、あたしがちょっとのあいだ部長をやったんだけど、そのあとすぐにこのタマキに声をかけたらホイホイ入部してくれたって順序」

「誰がホイホイと？　拝んだり脅したり、詐欺かカルト教団並みの強引さだったくせに」と口を尖らせるタマキ。

「ともあれそれが中学一年のとき。で、それから部員はふえもせず減りもせず。だからずーっと彼が部長をやってるってわけ」

「ね、分かるでしょう。自分が面倒なことやりたくないから泣きついてきたんですよ」

そんな二人の説明に、星羅は口に両手をあててくすくす笑った。

「もうちょっと説明しておくと、マサムネとタジオは小学校からのつきあい。あたしとタマキは中学から。あたし以外の男三人は寮暮らし。けど、マサムネの実家はもと豪農の立派な家屋敷だし、タジオは親兄弟こそいないものの南米の伯父《おじ》さんが大金持ちで、持ち家まで買ってもらっているご身分。せいぜい中流のうちやタマキのところとは大違い。とにかく四人とも本は大好きでよく読むんだけど、図書室で収容しきれなくなった本を預かるかたちで、めぼしいところをごっそりうちの部室で確保してるのが自慢なんです」

「それも凄い。羨ましい」と、星羅。

「あとは……そうそう、この二人、揃って重度のヘビースモーカーなの。タジオは中一、マサムネは小五からっていうからたいした不良でしょ。クスリに手を出してないのが不思議なくらい。まあ、本当に出してないかはあたしも知らないけどね」

そんなことをバラされたにもかかわらず慌てる素振りは微塵《みじん》もなく、

「そうそう。今のいちばんの悩みは、警察が来れば持ち物検査されることになるだろうから、その前にタバコをどこに処分すればいいかという問題でね」

タジオの言葉に、星羅はますます萌えを掻き立てられたようだ。

「ところで、そういうこのフクスケもただの退屈な女じゃない。品行方正、純情可憐なお嬢さんでないのは見ての通りだが、最近、怪しげな男とつきあっている」

いきなりの切り返しに、フクスケは「えっ」と眼を剝いた。

「な、何よ何よ。おかしなこと言わないで。あたしが誰とつきあってるって?」

「二度ほど目撃した。最初は四ヵ月前、夜の八時過ぎ、駅の南の飲み屋街で。お前はフードつきの黒ずくめのランニングウェア。三十近そうな相手の男はベージュの作業服っぽい恰好で、歩きながら男が何か喋ってるのを熱心に聞いてるふうだったな。で、二度目はつい一週間ほど前、これも夜の八時くらい、文化会館近くの公園で。二人とも前と同じ服装だ。男がお前に手取り足取り、何かの仕種を教えこんでるふうだった」

「何それ。どうして今そんな話が出るの！」

「特に興味がなかったからやり過ごしてたんだが、今ふと思い出してね」

「しっぺ返しには打ってつけだから？　あんたこそ二度も見かけるなんて、よっぽどしょっちゅう街なかをうろつきまわってんのね！」

そんな言葉が出るからには、タジオが目撃した内容は事実なのだろう。タマキはそのことに驚いた。細い細い針で胸を刺し通されたような驚きだった。そしてその表情にちらと眼をくれたフクスケは、

「言っとくけど、別に怪しげな男ってわけじゃないから。あれは探偵学校の講師よ」

「探偵学校？」

意外な言葉に、その場の全員がそれぞれの度合いで驚きを表わした。

「ええ、そう。黙ってたけど、あたし、探偵学校に通ってたの。別に将来探偵になりたいってわけじゃないけど、そういう技術や知識を身につけておけば何かと役に立つんじゃないかと思って。あんたが見たのは野外での実地訓練」

タジオは「あっはあ」と手を打ち鳴らして笑い、

「これはこれは！　退屈な女じゃないと言ったが、見立てよりはるかに上だった。

たいしたもんだよ、フクスケ君！　そういうことなら早く訊いておくべきだったな」

すっかり上機嫌でタバコを取り出し、火をつけた。タマキも驚く傍《かたわ》ら、何だか少しほっとした気分だったが、その安堵を押し隠すように言葉を捜した。

「で、そこはもう卒業したの？」

「卒業というわけじゃないけど、まあ基礎的なコースはひと通り」

再びタジオが、

「ではもう立派な探偵さんというわけだ。そりゃこの事件にも身がはいるよな。で、探偵さんとしてはどういう見通しで？」

「あたしはたまにテンションがあがって自己評価が過大になるときもあるけど、基本的には自分の分ってのを弁えてるつもり。探偵の技術や知識を少々詰めこんだからって優秀な探偵になれるわけじゃないってこともね。その点ではあんたたちのほうが――特にマサムネにはもうおおよそ真相が見えてるんじゃない？」

名指されたマサムネは「ほほう」と声をあげ、

「それはまた過大な他者評価だね。死因さえ判然としていない、あまりにも確定情報の乏しいこの状況で、誰にせよ真相を見抜くなんてことができるかな」

するとフクスケは少し口調を変えて、

「あたし、探偵学校に通ってみて分かったの。いわゆる名探偵と凡人の違いがどこにあるかって。あたしたちが投げ出されてるのはいつだって確定情報の乏しい、茫《ぼう》洋《よう》とした状況でしかない。そこで提示される問題は公式にあてはめれば解答が導き出せるようにあらかじめすべての要件が列挙されたようなかたちにはなっていない。そんななかであたしたち凡人は砂漠に立たされたように茫然とするだけ。時には解くべき問題を問題と認識することさえできない。でも、ほんのひと握りの人間はその乏しい情報のなかでも何かを見るの。それが本当に正しいかどうかは別にして、とにかくひと繋がりの何かを見て取ってしまう。きっとそういうものなんだろうって」

そんな見解を披露した。

「なるほど。探偵学を学んだ上の意見として貴重だし、面白いね。にしても、どうしてこの時点で僕が？」

「今日のあんたの口数の少なさよ。立場上あまり出しゃばらないように遠慮してるのはあたしたちも同じだけど、それにしてもやけにおとなしいのはそのせいじゃないかと思ってるんだけど」

マサムネは眉頭《まゆがしら》を片方だけつりあげて、

「なるほど。控え目なのも良し悪しだな。しかし、見たというなら僕などよりもタマキのほうがそうなんじゃないかと思うんだがね」

いきなりそんなかたちで名前を持ち出されて、タマキは思わず腰を浮かしそうになった。

「え？　何で何で何で？　僕が何を見たって？」

「さあ。それこそ僕には分からない」

マサムネは手をひろげつつ、ゆっくり首を振ってみせた。

作中作の問題

時とともに事態の深刻さがじわじわと重みを増していった。

実際、空気それ自体の比重が少しずつあがってきているようだ。比重ばかりでなく、湿度も。それに粘性とでもいうべきものも。いったんずぶ濡れになった服の乾燥が甘かったせいではないだろう。何だかべとべとと膚に貼りつくようだった。

「ちょっと整理してみませんか」

そんな空気をまるで感じていないかのような口ぶりで言いだしたのはフクスケだった。けれどもより近い当事者の四人は自分からは切り出しにくかったらしく、それがかえって有難かったようだ。

「そうよね。とにかく先に進むためには今までのことを整理するのも大事だわ」

不時子がやんわりと受け入れの雰囲気を作った。

「有難うございます。あたしが思うのは、とにかくこれだけいろんなことがはっきりしない状況なんだから、こういう段階ではできるだけ細かく、詳しく可能性をあげていく必要があるんじゃないかって。それで、この事件の場合にまず考えなくちゃならないのは——何だと思う？　タマキ君」

いきなり名指されて、タマキは思わず背筋をつっぱらせた。

「え、何？　何で僕？」

「いいからいいから、言ったんさい」

「とは言われても……。ええっと、この事件で考えなきゃいけないのは……」

そこで不審者のように視線を宙に泳がせて、

「犯人の動機？　いや、アリバイ？　じゃなくて、犯行方法？」

「あんた、みんな言っちゃう気？　でも残念ながらみんなボツ。まず考えなきゃいけないのは死因よ。つまり、そもそもこれが本当に殺人事件かどうかってこと」

するとと倉科がウンと頷き、

「そうだな。まずそこが大きな分かれ目だ。まだこの事件ははっきり他殺と確定したわけじゃない」

「でしょう。何しろこれといった外傷は見つかってないんだもの。事故や自然死の可能性も充分あるはずですよね」

そこで塚崎も何か言いだしたい欲求が噴き出したように、

「他殺とは限らないというのは認めるよ。自然死というのは、つまり病死だな。心《しん》筋梗塞《きんこうそく》や脳卒中の可能性は大いにあるだろうよ。だが、事故というのはどうかな。

溺死ではないという所見が正しいなら、どういう事故があり得るんだ？」

その点に関して追及した。それにフクスケが「ええっと」と口ごもると、すかさず倉科が、

「それには病死との合わせ技でどうだろう。足を滑らせるか何かで湖に落ちてしまった。その途端に何らかのショックで意識混濁、失神、不整脈、あるいは即、心停止に陥ったという具合に」

不時子も、

「可能性はあるわね。それなら肺にほとんど水がはいっていない理由もつくし。ただ、これは言っておくけど、あんまり私の所見を信用しないで。死亡推定時刻もあんな幅でしか出せないくらいなんだから」

そんな牽制を忘れなかった。

「とにかく、単に病死だけとしてみると、今あがったほかにも突然死の原因はいろいろ考えられるわ。様ざまな心臓疾患、脳血管系疾患、大動脈瘤《だいどうみゃくりゅう》破裂、癲癇《てんかん》、喘息《ぜんそく》、アナフィラキシー・ショック、肝硬変や腸閉塞《ちょうへいそく》といった消化器系疾患も――。そういう発作が起こったせいで湖に落ちてしまって、そのままどうにもできずに短時間で死に至ったというかたちの合わせ技のほうが可能性は大きいかも」

「なるほど。どのみち湖に落ちてはいるんだから、大なり小なり事故と病死の合わせ技にはなるわけか」

倉科は先程よりさらに大きく頷いた。

「専門的な解説を含めての整理を有難うございます。で、あたしはそれにもうひとつ、薬物の可能性も考えなきゃいけないと思うんです」

フクスケの発言にすぐ塚崎が首をひねり、

「でも、それは他殺の場合だろう。今はいったん他殺以外の可能性を探っていたんじゃないのか？」

そう横槍を入れたが、フクスケはそれをこそ待ち受けていたように、

「薬物が使われたとしても、それで直ちに他殺とは言えないでしょう。自分で使うことだってあるんですから」

「自殺だっていうのか⁉」

声を張りあげたのは塚崎だったが、同時に大きく眼を見開いたのは星羅も同じだったし、タマキも劣らず眼をパチクリさせた。

「あくまで可能性としてということです。さらに言えば、橘さんは定期的に常備薬を服《の》んでいたんだけれど、そこに何かの手違いで別の薬が紛れこんでしまったというような事故の可能性だってあるでしょう」

フクスケはふくらみの乏しい胸を得意げに突き出してみせた。

「そうかそうか。実際には自殺なんてことは考えられないが、可能性としてだけならいろんなケースがあるわけだな」

塚崎はパシッと頭の後ろを手で叩いた。

「ええ。こんなふうに死因が同じ薬物死の場合でも、他殺、自殺、事故というそれぞれのケースが考えられる。つまり、〈死因が何か〉と〈他殺かどうか〉はまた別の問題なんですね。そのことには充分注意しておかなければならないんです。――ということで、とにかくこれが殺人事件ではない可能性も充分あるというのを前提としておいて、いよいよ他殺の場合について考えていきましょう」

「何だかエラソー」というタマキの呟きに「はい、そこ。茶々入れない！」と一喝をくれたが、

「しかし他殺となると、外傷が見つからない以上、それこそ薬物としか考えられないんじゃないか？」

すぐに塚崎が異を唱えた。フクスケはそれにも落ち着きはらって、

「本当に外傷が全くないならそうかも知れません。だけど、本当にそうなんでしょうか。不時子さんの遺体検案もなかなか全身隈《くま》なくというわけにいかなかったし、例えば錐《きり》のように細く鋭いもので突き刺した傷なら、水に晒《さら》されてすっかり血が抜けてしまうと極めて見つけにくくなるんじゃないでしょうか。ましてそれが延髄《えんずい》とか、髪の毛で隠された部分ならなおさらでしょう」

そこで不時子も、

「そうそう。あんまり頭から信用しないでと言ってるのはそういうことなの。他殺

と仮定するにしても、凶器を薬物に限定してしまうのは危険だわ。例えば薬物を使ったにしても、睡眠薬や麻酔薬で意識を失わせておいて、耳の穴や鼻の奥に錐状のものを突き刺した――なんて合わせ技の可能性も考えられるし」

そんなふうにフクスケに与《くみ》した。

「そう言ってもらえると心強いです。また、こんなことも考えられませんか。ある人物が悪ふざけか言い争いの末に橘さんを湖に突き落としてしまった。そこでさっき倉科さんが言われたような合わせ技の不幸が起こって、橘さんは急死してしまった。そしてその人物は橘さんを助けようとも救いを求めようともせずに、そのまま黙って置き去りにしてしまった。――こういうケースだと、その人物に殺意はなかったものの、助かるかも知れないのを見殺しにしてしまったということでは犯人という言い方をしてもいいですよね」

するとタジオも巻き毛をくるくると指で弄びながら、

「俺もひとつ思いついたよ。ある人物が自殺するために毒入りのキャンディか何かを用意していた。それをたまたま橘氏が見つけて、何の気なしに失敬した。そして散歩に出たところでそれを舐《な》め、たちどころに毒がまわって湖に転落した――なんてのはどうだ。いや、もしかするとその人物は自殺ではなく、誰かを狙って毒入りキャンディを用意していたかも知れない。その狙った相手がまさに橘氏だったとすれば、さらに皮肉な結末ということになるわけだが」

塚崎はああと天を仰ぎ、

「なるほど、なるほど。いろんなケースの組み合わせで、さらにいろんなバリエーションが考えられるわけか。しかしまあ、畏れ入ったね」

「ほんと、凄い。そんなこと、考えもしなかった」

星羅もさっきから感心させられっぱなしのようだ。フクスケはますます気をよくしたように、

「では、ここでいよいよ動機の問題に移りましょう。事故や病死絡みではなく、はじめから明確な殺意のもとで殺害が行なわれたという前提で、その殺意はどんな動機から生じたかという問題です。これに関しては、大きく二つのケースに分けられることがこれまでに指摘されてますよね。動機が橘さんのあの『読んではいけない』に直結しているか、そうでないかです」

そこで倉科が縁なしメガネの奥でやや眼を細め、ふと窓に眼を向けた。今も濃霧はいっこうに薄れる気配なく、窓の外を白いちめんに塗りつぶしている。そしてすぐにこちらに眼を戻して、

「直結していない場合は本当に様ざまだね。怨恨《えんこん》、愛情の縺《もつ》れ、嫉妬、金銭問題、何らかの口封じ……。およそこの世の殺人の動機はすべて可能性がある。それを見極めるのは籠《かご》の鳥同然の今の僕らには到底無理だ。だから、いくらかなりとも推理の余地があるのは動機があの『読んではいけない』に直結している場合だね」

「ええ。もちろん動機が『読んではいけない』に直結しているのではないかと想像される理由はちゃんとあって、まさに〈犯人あて〉の合宿イベント中、その出題者当人が殺害された。しかも問題篇から解決篇のインターバルというタイミングで。そのうえ解決篇が煙のように消えてしまっているとなると、これはもう関係を疑わないのが不思議なくらいですよね。

では犯人が解決篇を持ち去ったとして、その理由のひとつとしてこれまで考えられたのは、解決篇内に犯人にとって公開されるとマズいことが書かれているので、それを阻止しようとしたというのがまず第一。それからこの『読んではいけない』が〈犯人あて〉としてあまりにも素晴らしい傑作なので、それをいずれ自分のものとして発表するために盗んだというのが第二。それにもうひとつ、いかにもその種の動機だと思わせるために偽装として解決篇を持ち去ったというのももちろん考えられますね。まあこの場合は本当の動機は『読んではいけない』とは関係ないってことになりますけど」

「どんどん調子が出てきたな」

そんなタジオの冷やかしもさらりと受け流して、

「というところでこの第二のケースなんですけど、解決篇の真相がほぼ分かった今、あの『読んではいけない』が人を殺してまで自分のものにしたくなるほどの傑作なんでしょうか。いえ、結局ひと晩かかって解けなかったあたしがこんなふうに問いかけるのは気が引けるんですけど――」

それには不時子が、

「まあ、なかなか巧妙に作られた難問ではあるけど、歴史に残るレベルとか、これを盗用すれば必ず作家デビューできるほどかというと。まんまとひっかかった私が言うのもやっぱり気が引けるけど」

そう言って軽く笑った。

「ですよね。だからあたしはこの第二のケースはちょっと可能性が薄いんじゃないかと」

フクスケの見解に、

「だな。そうすると、動機が『読んではいけない』と直結するのは第一のケースだけか」

塚崎が苦いものを飲みこむような言い方をした。

フクスケは「さて、そこで」と、ますますエンジンがかかってきたらしく、

「その場合、犯人は問題篇が読みあげられた時点で、解決篇に自分にとって公開されてはマズいことが書かれているだろうと察知したことになりますね」

倉科も、

「そうだな。犯人が何らかの経緯でこの合宿以前に『読んではいけない』の内容を知っていたなら、それこそ合宿前に橘をどうにかしようとしただろうからね」

「そうだとすると、犯人は自分の推測通りにマズいことが書かれているかどうか、こっそり盗み出して読むなり、橘さんを眠らせるなり、どうにかして殺害前に確かめるんじゃないでしょうか。よっぽど間違いないと確信してて、よっぽど盗み読む手段が封じられてない限り、さすがにそれを確かめもせずにいきなり殺しちゃうなんてこと、あるとは思えないんです。で、なおかつ橘さんは殺されたんだから、解決篇には実際に犯人にとってマズいことが書かれていたと見なしていいんじゃないでしょうか」

フクスケがそこまで言ったところで、星羅が首を振り振り、

「えーっと。それってあくまでこれが殺人事件で、しかもその殺害動機が〈犯人あて〉に直結しているという仮定の上での話なんですよね。ああ、何だかとってもややこしい」

倉科がその言葉を引き取って、

「そのややこしいところに僕らは踏みこんでいるわけだね。確かにそうした仮定の上でなら、解決篇に犯人にとってマズいことが書かれていたと想定していいと僕も思うよ」

そう言うと、フクスケは「有難うございます」と、ぴょこんと頭をさげた。

「私も混乱して、何をどう捉えればいいのかずっとモヤモヤしていたんだけど、こんなふうにフクスケさんに整理してもらって、ずいぶんすっきり見通しがよくなっ

たわ。こちらこそお礼を言わなくちゃ」と、不時子。

「身近な人がこんな亡くなり方をしたんですから、当然だと思います」

そこで塚崎が、

「で、結局のところ、問題は犯人が問題篇から何をどう察知したかだな」

「でも、そんなこと分かるんですか？　あれから何度も問題篇を読み返してみたんですけど、あたしには見当もつかなくて」

星羅は困ったように眉頭をつりあげたが、

「確かにその設問はこの『読んではいけない』内の犯人をあてるよりもはるかに難問だな。僕にもとっかかりになりそうな部分がさっぱり見えてこないんだ」

「倉科さんがそうならあたしなんかに分かるはずないですよね。でも――フクスケさんには何か見当がついたの？」

そこでフクスケは何とも微妙な表情を浮かべたかと思うと、

「ここからは半分戯言《ざれごと》だと思って聞いてください」

そう前置きして語りだした。

「ただでさえややこしいところにさらにややこしいことを持ちこむようなんですけど、あたし、考えたんです。もしかするとそのヒントはあの『読んではいけない』がまさに〈犯人あて〉が行なわれようとしているという状況設定になっていること自体にあるんじゃないかって。で、そこからさらに考えてみたんです。あの『読んではいけない』では犯人とその特定に至る論拠だけが問われてて、動機に関してはいっさい不問に付されてますよね。でも橘さんのなかでは作者として、いちおうなりとも犯人の動機も想定されてあったと思うんです。で、その動機というのがまさに《作中の〈犯人あて〉のなかに作中の犯人にとってマズいことが書かれているのでその公開を阻止しようとした》というものだった可能性は高いんじゃないでしょうか」

途端に塚崎が大声で、

「ああ、そうだ！　俺もぼんやりそんなふうに思ってた。だからこそ実際のこの事件でも、あの『読んではいけない』が動機に直結してるんじゃないかという疑念にひっぱられていったんだ！」

それには「そうだね」「私もそうだった」と、ほかの面々からも同意が集まった。

「そこであたしはもう一歩進んで、こんな疑問を思い浮かべました。橘さんはその《作中の犯人にとってマズいこと》の内容をどんなふうに設定したのか。そしてもうひとつ、作中の犯人は作中の〈犯人あて〉のなかにマズいことが書かれているのをどうやって察知したのかと――」

フクスケのその言葉には、「え？」「ほお」「ふうん」という戸惑いや驚きの声があがった。

「なるほど、確かにややこしい。だが面白い視点だね」と、倉科。

「しかし実際、それに答があるのか？」

　塚崎は疑わしそうに片眉をひそめる。

「もちろん、『読んではいけない』解決篇に書かれているはずの、橘さんを殺した犯人にとってのマズいことさえよく分からないのに、『読んではいけない』では内容も全く明かされていない〈犯人あて〉に書かれていたはずの、『読んではいけない』内の犯人にとってのマズいことを推測するなんて、まるで望遠鏡の先に見えた人が、さらに望遠鏡で何を見ているのかを探ろうとしているようなものですものね。——ああ、言ってて自分でも舌が縺れそう。この譬《たと》えが的を射ているのかもよく分からないし。——ただはっきりしてるのは、『読んではいけない』内の犯人が『読んではいけない』内の〈犯人あて〉に自分にとってマズいことが書かれているのを察知したのは事前にどうにかしてその〈犯人あて〉を読んだからにほかならないですよね」

　ほかの面々はフクスケのその言葉をいったん噛み砕くための間を置いて、

「そうだな」

「問題篇が発表される前に殺害が行なわれているんだから、それ以外にないわね」

　などと意見が一致した。

「そう。で、橘さんを殺害した犯人の立場から考えてみると、こうしてあたしたちも見てきたように《作中の〈犯人あて〉に作中の犯人にとってマズいことが書かれている》ことが作中の動機として暗示されているわけです。しかもこの作中の〈犯人あて〉は作中人物たちをさらにモデルにしたものであることも明示されている。そしてなおかつ、橘さんを殺害した犯人は『読んではいけない』で問われている真相をズバリ見抜いたとしましょう。そしてその解答である作中の犯人が、それ自体がモデル小説である『読んではいけない』でこの自分と対応させられている作中人物とぴったり一致している場合、この『読んではいけない』自体にもこの自分にとってマズいことが書かれているのではないかと考えるのは――ましてそれなりの心あたりがある場合はなおさらですけど――ごく自然なことなんじゃないでしょうか」

そこで「あ」という小声を洩らした星羅が慌ててその口を手で覆った。

一同の視線が泳ぐように彷徨い、その時間には多少の長短の差はあったが、ほどなく一点に集中した。そしてその中心にいたのは塚崎だった。当の塚崎はみるみる顔色を失い、軽く開いた口を不定形に歪めて、

「……馬鹿言え……馬鹿言え……」

泣き笑いのような不思議な表情で繰り返した。

「でも……塚崎先輩は正解してないですけど……」

星羅が呟いたが、それが反論になっていないのは彼女自身にも分かっているのだろう。犯人の立場からすれば、正解が分かっていてもわざと誤答してみせるほうが自然な行為だからだ。

「その見方に従えば、橘は自覚なく犯人にとってマズいことを書いてしまったのではなく、はっきり意図してそれを書いたというわけだね。でも、どうして橘がわざわざそんなことをそんなかたちで小説内に組みこもうとしたのかな？」と、倉科。

「橘さんと犯人のあいだで、そのマズいことの深刻さの認識にとんでもない落差があったのは確かだろうと思うんです。橘さんはまさかそのせいで自分が殺されるなんて夢にも思わず、せいぜい相手がちょっと困惑する程度だと軽く考えて、気の利いた趣向というつもりでその材料として使ったんじゃないでしょうか」

「認識の差……。ありがちなことだけど」

不時子がそう呟いたところでようやく塚崎は、

「言っとくが、違うぞ。俺じゃない！　俺は橘を殺したりはしていない！　マズいことが書かれてたなんてこと、俺には全然無関係だ！」

大声で身の潔白を訴えだした。

「まあそう興奮するな。フクスケ君自身が何度も前置きしているが、これはいくつもの仮定の積み重ねの上に成り立っている結論だ。しかも最後のほうの論理の組み立てはかなりきわどい。あくまでひとつの仮説として受け止めるべきだろう」

倉科は宥《なだ》めるように穏やかな声で言った。

とはいえ、いったん破綻《はたん》なく組みあげられた理論はそれが存在するというだけで無視できない力を発揮するものだろう。そんな認識が言葉を交すまでもなく共有しあるだけに、その場には当初とはまた少し種類の違った重い空気が立ちこめた。

そんな空気のなかで、タマキはそうした経緯をまた一枚薄絹を隔てた気分で眺めていた。

タマキにはずっとひっかかっていることがあった。「君こそ何かを見たんじゃないか」というマサムネの言葉だ。

そもそも今回の事件にこれだけみんなが為す術ない気分を味わわされているのは、大枠の状況とあの『読んではいけない』以外におよそ手がかりらしいものを見つけられないでいるせいだ。だが、この事件には本当に手がかりはないのだろうか？

もしもシャーロック・ホームズがこの場にいたなら、あれよあれよと山のような手がかりを見つけ出して、君たちは見てはいるが観察をしていないんだよなどと嘯《うそぶ》きながら、たちどころに真相を言いあててみせるのではないだろうか。

手がかり自体はそこらじゅうに転がっているのに、凡人の僕たちにはそれを見つけられないだけではないのだろうか。

そうだ。要は、凡人たちとはまるでレベルの違う天才的な探偵能力を具えた人間さえいればいいのだ。

そしてタマキはマサムネこそがそういう人間だと思っていた。彼は明らかに凡人の範疇《はんちゅう》にいない。成績自体は学年で十番以内を上下している程度だが、こと得意分野の知識や能力の物凄さは日本じゅう捜してもそうそういないだろう。そしてその図抜けぶりが探偵能力においても発揮されているのをタマキは知っている。まさに彼は凡人には見えないものが見える人間だ、とタマキは確信していた。

そのマサムネは今もそうだが、ひっそりと気配を消したように事の推移を見守っているばかりだ。多分、とっくの昔に真相に肉迫しているはずなのに。それともこれは自分との差をついつい過大に捉えてしまう故の買い被りすぎなのだろうか？

ともあれ、自分としてはそう信じているマサムネから投げかけられた言葉だ。無視できるはずがない。「君こそ何かを見たんじゃないか？」――ああ、だけど、僕がいったい何を見たっていうんだろう。

分からない。いくら考えても思いあたらない。仮に何かを見ていたって、凡人中の凡人でしかない僕は肝腎の観察をしていない――いや、できないんだから。

それにほかの誰でもなく、なぜ僕なんだろう。ほかの人は見ていなくて、僕だけが見たものとは何なのだろう。いったい僕とほかの人とにどんな違いがある？　僕だけがほかの人から離れて単独行動をしたことがあったか？　昨日この《ミモザ館》に来てからのことを振り返っても、特にそんなことはなかったように思う。部屋だってマサムネ、タジオと相部屋なんだから、そこでのトイレや風呂の時間に僕だけが見る機会があったものなんてないはずだ。

それともまさか、今朝全員が集合したとき、僕がいちばん遅れたことが何か関係しているとでも？

分からない。いくら考えても分からない。考えれば考えるほど自分が凡人だと思い知るばかりだ。

とにかくいちばん怪訝《けげん》なのはマサムネの態度だ。普段は寡黙なときもあれば饒舌《じょうぜつ》なときもありという具合で、こんなふうに終始口数少ないということはない。およそ人見知りするようなタマではないし、年長の人間が多い場なので遠慮するというのも似つかわしくない。ましてタマキの臆測通り、もう真相を見抜いているか、少なくともかなりの線に迫っているとすればなおさらだ。

どうして何も言わない？　まるで部外者のような顔を決めこんでる？　その場の空気を壊したくないからなどといった、漠然とした気遣いや配慮の類いではないだろう。それこそいかにも凡人の習癖で、マサムネからは最も遠いものだ。

そう。言わないからには言えない理由があるはずだ。それはいったい何だろう。マサムネは何を避けているのだろう。タマキはそんなこんなのモヤモヤを抱えながらマサムネの様子を窺っていたが、むこうは明らかにそれに気づいていながら、いっこうに何喰わぬ態度を崩そうとしないでいる。

もしかして、待っている？

何を？

切り札を出す最高のタイミングを？

それとも、この先に起こる新たな展開を？

あるいは今のままでは決め手となる証拠がないので、相手が致命的なシッポを出すのを虎視眈々《こしたんたん》と待ち構えているのだろうか？

「ここまで来たので、もうひとつついでにいいでしょうか。これはもう屋上屋《おくじょうおく》を架したような臆測なんですけど――」

そのフクスケの言葉にタマキは注意を引き戻された。このうえまだ追究を続けようというのか？　けれども重苦しい沈黙が続くよりはこの際何でもいいから言葉を繋げてほしいという想いがあったのか、不時子が間髪容《い》れずに「どうぞ」と促した。

「あの『読んではいけない』には作中作である〈犯人あて〉のタイトルは出てきませんね。内容が全く明かされてないので、それで全然問題はないですけど。ただ、あたしは橘さんがそれに『読んではいけない』というタイトルを想定してたような気がしてならないんです。そしてその作中作のタイトルをそのまま本篇のタイトルに持ってきた、という順序じゃないんでしょうか」

それには数秒の間があいた。そして星羅が首をひねりひねり、

「あの……それだとして、どうなるんです？」

「いえ。だからどうだというんじゃないんです。ただ、そのことに関してはきっとそうじゃないかって。いけませんか？」

「いや、もちろんいけないってことはないんだけどね」

倉科もいささか困惑気味に言葉を濁した。

ちょっとハイになりすぎて暴走してるんじゃないの、フクスケ。タマキは改めて彼女の様子を窺ったが、いつもは額の生え際からピンピンと立った幾筋かの髪が今はぴったりと額に貼りついている。眼も少し潤んで、縁が赤っぽい。

「ちょっと」

言いながらタマキはフクスケの額に手をのばした。さわるとじっとりと湿っていて、熱い。

「凄い熱だ」

「そうお？」

フクスケは自分の手を額に押しつけ、

「そんな感じしないけど。大丈夫よ、ダイジョーブ」

「大丈夫じゃないよ。薬服《の》んで寝なきゃ」

「あんた、意外に世話焼きさんよね。あたしが平気って言ってるんだからいいの」

「よくないよ。不時子さん、ちょっと診《み》て」

言われるより前に不時子もフクスケの顔を覗きこみ、額に手をやった。

「本当ね。凄い熱。汗もひどい。私が解熱剤持ってるから」

そう言って遽《あわただ》しく部屋を出る。

「もう、大袈裟《おおげさ》なんだから」

フクスケはうるさそうに不満を訴えたが、不時子に薬と水を差し出され、この部屋でいいから寝なさいと星羅も手伝って蒲団《ふとん》まで用意されると、結局それらにおとなしく従った。

そうだよ、フクスケ。今は何も考えないでそうするのがいちばんいい。できれば僕もそうしたいくらいだ。何も見ず、何も考えず、何もなかったことにしてぬくぬくと眠りに身を任せればいい。

いい夢を見てくれ、フクスケ。

だけど彼女のためにそう祈る今のこの僕が夢を見ているのではないと誰が断言できるのだろう？

すべては桜のなかに

「ねえ、マサムネ」

タマキは一人ぼんやり窓の外を眺めているマサムネに呼びかけた。

「うん?」

そう応答したが、顔は風景を覆いつくす霧に向けられたままだ。

霧はいっこうに薄らぐ気配がない。もう夕方の五時をまわっている。いちめんの乳白色にもうっすらと影がさしてきているようだ。そしてこの時間まで警察が来ないでいるということは、強行的に濃霧のなかを突っ切るのはあきらめ、霧が晴れるのを待つことにしたのだろう。その判断が妥当なのかどうかよく分からない。いや、きっと妥当なのだろう。こちら側の立場としては何とかならないものかというのが正直な気持ちだが。

「あれはどういう意味だったの」

ずばり踏みこんでみる。

「あれとは?」

「僕こそ何かを見てるんじゃないかという、あの言葉だよ」

「ああ——あれね」

マサムネはわずかに視線をあげ、またゆるゆるともとの角度に戻した。

「別にたいした意味はないよ。僕たちのなかで君がいちばんまわりを眺めている。しかもまっさらな、何の色づけもされていない眼でね。だからもしも何かしらの手がかりを眼にした者がいるなら、それは君だろうと言っただけさ」

意外な言葉だった。僕がいちばんまわりを見ている? まっさらで、何の色づけもされていない眼で? それが僕?

そうなのか? 見る人間。それが僕の役まわりということなのか?

それならそれでいいだろう。でも、本当に僕はそんなものを見たのだろうか。タマキはまたもとのところに戻ってしまったのを自覚し、慌ててその疑問を振り払った。

「きっと見こみ違いだよ。僕は見てるかも知れないけど、観察はできない人間なんだから。観察できるのはマサムネしかいないと思う」

「それはまた過分な評価だね」

そしてマサムネは一分近く黙りこんだあと、ちらりとこちらを一瞥《いちべつ》し、再び窓に眼をそらした。

「今まで気づきもしなかったし、自分でも意外なんだが、どうも君のまっさらな眼には弱いようだ」

「え?」

「おおよそ真相が見えているんじゃないかと訊いてきたのはフクスケだから、君にそれを答える理由はさらさらないんだがね。とはいえ、君も既にその答を聞きたくてうずうずしているんだろう。言っておくが、今回の事件に関して僕は何も見えてなんかいない。分かったのはせいぜいあの『読んではいけない』の犯人くらいだ。書かれたものと現実とはまるで違うよ。まして今回の事件は指摘されている通りに死因さえもはっきりしない。あまりにも確定的なデータが少なすぎて、何をどう考えればいいのかも分からないでいるのは君と同じだよ」

マサムネは淀みなくそう述懐した。

極めて説得的な言葉だった。こんなふうに言ってくれさえすれば疑問なんかひとつも残さず納得できたのだ。

いつもならば。

そうだ。いつもならば――。

タマキはそのことが自分でも意外だった。どうしてだろう。小さな小さな棘《とげ》のようなものが今の言葉でも洗い流されきれず、胸の奥のそのまた奥のほうに残っているのだ。

嘘だ。本当のことを言っていない。マサムネは嘘をついてる。何かを隠している。どうしてそんな想いに囚われたのか分からなかった。表情からではない。彼はずっと顔を背けたままなのだから。いや、ずっと顔を背けていること自体にかすかな違和感を覚えたのは確かだろう。それは普段のマサムネとはあまり似つかわしくない態度だ。けれどもそれだけが理由だったとも思えない。きっと彼の声色や素振りのなかに、かすかにかすかにその片鱗《へんりん》が紛れこんでいたのだろう。

もちろん確信なんかじゃない。でも、そんな疑念が吹き消されずに残っているというだけで充分問題だ。マサムネがきちんと否定したにもかかわらず、それを信じられないでいることが。

いったい何を隠しているのだろう。隠さなければならないどんな理由があるのだろう。これまで香華大学のミステリクラブの人たちとは何の関係もなかったはずなのに。いや、もしかするとマサムネにはそれがあったのだろうか？——そんなことを考えていると、

「それより、今度の事件は君にとってどうだったんだ？」

不意にマサムネがそんなことを言ってきたので、タマキは思わず「えっ？」と声をあげた。

「どうだったんだって、どういうこと？」

「君にとって今回の事件は——もちろんあれこれのリスクはさっぴいての話だが

――有難かったんじゃないかと思ってね」

何を言われたのかよく分からなくて、タマキは一瞬言葉を失った。そしてすぐに、何を馬鹿なという想いが湧きあがった。けれどもそれを口に出すタイミングを失ったままでいるうちに、再びどんどんよく分からなくなってきた。

「思いあたる部分があるようだね」

マサムネは体ごとくるりとこちらに向け、腰を凭《もた》せかけた窓枠に両手をひろげた。

有難い？　こんなことになったのに、有難いだって？　そんなはずはない。そんなはずは。だけどどうしてなんだろう。胸の奥底のどこかでざわざわと波立つものがある。隠しおおせたと思っていたヘマをずばり言いあてられたような後ろめたさと気恥ずかしさ。何なんだ、これは。そうなのか？　こんな状況に追いこまれたことで逆に救われた部分がいくらかでもあったって？

考えてみる。

自分の胸の奥底を注意深く覗きこんでみる。

そんなものは絶対にないと言い切れるのかと。

そうして考えれば考えるほど、後ろめたさをもたらしているものが確かに胸底にあるような気がした。

マサムネは感情をこめない眼でじっとこちらを見据えている。まるでタマキ自身が覗きこんでいるところよりももっと深いところまで見透すかのように。そんな感覚に晒されるのはどうにもたまらなかった。

「……ないとは言い切れないかな」

タマキは精いっぱい控えめに認めた。

「振り返って、かなりいっぱいいっぱいの状態だったと？」

「そうなのかな。自分でもよく分からない。……でも、どこかでほっとしてたのは確かかも」

そして、

「どうしてそんなことが分かるんだよ。やっぱり君が観察できる人間だからじゃないか」

言い返すと、

「おおまかな推測はあたったようだが、何を抱えているかまでは分からないからね」

「それは僕自身で言えと？」

「言いたくなければ別にいいんだが」

タマキはクシャクシャと髪の毛を掻きまわし、

「ずるいなあ」

と口を尖らせた。

「そうかな」

「そうだよ」

「ともあれ、ずるいというからにはきちんと言ってくれるんだろうね」

「ああ、やっぱりずるい！」

タマキは片手で頭を抱えた。

「そんなこと言うもんか」

「そうか。それならこちらは臆測を推し進めていくしかないね。まあ何であれ、それによってひとときでも意識がほかに向けられるのが有難いとなれば、それまでその人物の頭を占領していたのは何らかの悩みだったのは間違いないだろう」

タマキはどきっと胸が高鳴るのを感じた。

「そしてそれはどうやら口にしにくい種類のものらしい。恐らく誰かを慮《おもんばか》ってという理由ではないだろう。あくまで全く個人的な、ただ自分にとって恥ずかしいものである可能性が高い。それもこれこれこうといった具体的な事柄ではなく、もっと漠然とした、あるいは根源的なものではないだろうか。そして君くらいの年頃の男子にとってありがちな悩みの種といえば——」

「ストップ、ストップ！　もういいよ！」

タマキは両手を振って相手の言葉を押し止めた。

「ホントに何て恐ろしい奴なんだろうな、君は。だいいち僕くらいの年頃の男子って何だよ。君もまるっきり同じじゃないか。君はそんな悩みとは無縁だっていうの」

「まさか。精神は否応《いやおう》なく肉体の制約を受ける。とりわけ思春期はその影響が最も甚大な時期だ。僕もそんな軛《くびき》から免《まぬが》れることはできないよ。君が持て余しているものには僕もなかなか手古摺《てこず》っている」

「何だか僕が抱えているものがもう決定しちゃってるような口ぶりだけど。――あいや、それに反論するつもりはないって」

タマキは言えば言うほど自縄自縛に陥っていくのを意識しながらも、そのことについて何かを言わずにいられない気持ちだった。

「手古摺ってるってホントなの？　そんな素振りは全然見えないけど」

「普通なら君だってそこまでの状況とは誰にも見えないだろう。誰の眼にも明らかなくらいにいっぱいいいっぱいならそれこそ危機的だ。みんなそれぞれのやり方で何とかうまく隠しているのさ」

「君みたいに見抜けちゃう人間がそばにいたのが僕の不幸か。――まあ幸か不幸か分かんないけどね。でも、どのみち君はこの状況を有難いと思うほどにはそれを持て余してはいないんだよね」

するとマサムネは初めてかすかな笑みを口の端に浮かべつつ、

「有難いとは毛ほども思っていない。それは確かだ」

思いのほかきっぱりと言い切った。

「そう言われちゃうと僕としてはますます後ろめたさを感じざるを得ないじゃないか」

すかさずマサムネは「いや」と遮り、

「有難いという気持ちが湧く余地もなかったのはこちらの個人的事情だ。それが異なれば僕も君と同じだったかも知れない。例えば退屈な日常に飽き飽きしていたという理由によってね。いずれにせよ、有難いという気持ちが湧くこと自体は責められるべきことでは全くないよ」

「退屈な日常に飽き飽きしてた？　何だか自分だけ、ずいぶんカッコいいじゃない」

タマキがそう言ったところで、

「そう。まるで探偵志願時代の明智小五郎《あけちこごろう》みたいだな」

どこから二人の会話を聞いていたのか、階段口への曲がり角からタジオがひょっこり姿を現わした。

「わちゃ。立ち聞きしてたの。勘弁してほしいなー」

「人を家政婦呼ばわりすんな。こんな誰の耳があるかも知れない場所でお喋りしておきながら」

そしてタジオは視線をずらし、

「それに立ち聞きっていうなら、俺なんかよりもずっと前から耳を傾けていた御仁がいらっしゃるぜ」

顎でそちらを指し示した。

タマキが慌てて振り返ると、廊下の反対方向の角から半身の人影が覗いている。

一瞬ぴくりと肩を揺らしたのち、オズオズと姿を現わしたのは星羅だった。

「ああ、油断も隙もない！」

タマキは芝居がかって嘆いてみせたが、それは星羅になるべくバツの悪い想いをさせないためのものだ。

「ああ、ゴメンなさい。マサムネさんとタジオさんが喋ってると思ったら、ついつい引き寄せられちゃって。でも、タジオさんじゃなくてタマキさんだったんですね」

「はいはい。僕で悪かったですね」

「あ、そんなことないです。そういう意味じゃ」

星羅のほうも屈託ない受け答えなので、あまり気まずい空気にならずにすんだ。

「で？　さっきの続きはどうなるんだ？」

気楽な調子でタジオ。

「どうもこうも。続きなんてないよ」

「そうなのか？　何だか面白そうな話だと思ったんだがな。じゃ、しようがない。事件の話でもするか？」

「事件の話？　何か考えがあるの？」

そういえばタジオもマサムネに劣らず頭が切れる。彼なりに何か嗅ぎつけたとしても不思議はないと意気ごんで首をのばしたが、

「フクスケの推理だよ。あれ、どう思う？」

タジオが尋ねかけたのはあくまでマサムネに対してだった。フクスケは集会用に使っている大広間で今も眠っているだろう。

「どう思うかと問われればかなり妥当な線だと思うがね。彼女にしてはいくぶん上々すぎるようにも思うが」

「問題は警察がどう判断するかだろう。仮に他殺と断定された上で、あの推理が警察に伝わったとして、どうなると思う？」

「参考にはするかも知れないが、基本、取りあわないだろうね」

「やはりそう思うか。まあ、いざ警察がはいればどんな新しい情報が出てくるか分からないいんだから、あんな抽象的な推理の出る幕はないかもな」

マサムネも鹿爪らしく頷いて、

「そう。あの推理がそれなりに意味を持つのはろくな手がかりを得られないでいる〈今・ここ〉の限定的な時空間でのことだよ。ただ、それがいつまで続くか分からない上に、ひょっとすると連続殺人の可能性も排除できないという宙ぶらりんな焦燥感が、そうした推理なりとも藁《わら》代わりにつかみたくさせるんだ」

やんわりとした口調で言い据えた。

タマキは、そうか、と思った。それだからマサムネは今この状況で推理を口にしようとしなかったのか。だとすると、やっぱり彼にはひそかな腹案があるに違いない。

「のんびり海路の日和《ひより》を待ってはいられないというわけだな」

タジオはフフンと鼻で笑った。

星羅はというと、そんなやりとりを星が瞬きそうなうるうるとした眼で見つめているので、よっぽどこういうのが好きなんだなと少々呆れるほかなかった。

ともあれ立ち話はそのへんで切りあげ、四人は大広間に戻った。

部屋にはフクスケ以外誰もいなかった。座蒲団が乱れた輪になって残り、その奥にフクスケの蒲団が敷かれている。

そしてフクスケは死んでいた。

異変に気づいたのは顔色からだった。眠りに就いたときには桜色に紅潮さえしていたのに、今はすっかり透けるように蒼褪めている。慌てて確かめたが息はなく、いくら探っても脈拍が見つからなかった。

大声で全員を呼び戻し、改めて不時子によって死亡が確認された。表立った外傷は見あたらず、死因もはっきりしない。

タマキがフクスケの蒲団に顔を押しつけて泣きだした。星羅もぺたんとお婆ちゃん坐りして、まるめた背を震わせる。そんななかで塚崎がスマホで新たな悲報を警察に伝えた。

それからあとのことはまるで時間が切れぎれになって、風に吹き散らされているようだった。寸断された時間はてんでに切り貼りされ、順序もよく分からなかった。

それは確かに狂乱だったが、弾ける華ばなしさはほんの一部で、ほとんどが圧搾機《あっさくき》でじりじりと絞めつけられるような鬱屈《うっくつ》のなかでのことだった。

そうこうするうちに霧をつっきって警察が到着し、状況は大きく転換した。胸のうちの半分ではようやく重荷をおろせてほっとしていたが、残り半分では別種の疎《うと》ましさに呑みこまれていくことにうんざりしていた。繰り返される事情聴取。事情聴取。事情聴取。そのときあなたはどこにいたのですか。何をしていたのですか。誰それはそのときどうしましたか。何と言いましたか。それからどうなったのですか。あなたはなぜそうしたのですか。どんな気持ちからそう言ったのですか。そのときあなたは何かを見ませんでしたか。何も気づかなかったのですか。そのことをあなたはどう思いましたか。それを今はどう思いますか。それは本当ですか。確かにそうだったと言えますか。実はこれこれこうだったのではありませんか――。タマキはそれらにどう答えたのかもよく憶えていないし、すべてに一貫して矛盾なく答えられたかも自信なかった。やがてその嵐からも解放され、気づくと帰りの電車のなかにいた。心配して駆けつけてくれていた母親が横で寝ている。通路を隔ててマサムネとタジオの姿もあった。タジオは眠っているらしく、マサムネは窓の外の闇をじっと見ていた。フクスケはいなかった。立ちあがり、見まわしてもフクスケの姿はなかった。タマキはすとんと腰を落とし、そこでまた泣いた。悲しくて悲しくてたまらなかった。気づいた母親が優しく肩を撫でさすってくれたが、涙があとからあとから溢れて止まらなかった。

詳しい検死の結果は次の日に報《しら》された。橘、フクスケともに死因は病死だった。橘の場合は湖のそばに出たとき心筋梗塞の発作を起こし、そのまま水中に転落して速やかに死に至ったのだろう。フクスケは急性の熱症で脳幹の一部が破壊されたらしい。つまり、あの《ミモザ館》で殺人など起こっていなかったのだ。

そのことがはっきりした以上、香華大学のミステリクラブのメンバーと再び顔をあわせる理由も機会もなくなった。そうして汎虚学研究会にはフクスケの欠落という結果だけが残った。

そしてまた時は流れる。流れる。流れる——。

やがて三人は卒業し、それぞれ異なる大学に進学した。汎虚学研究会はその時点で消滅し、彼ら自身もそれっきり顔をあわせる機会はなくなった。

そして再び時は流れ流れて——。

桜吹雪のなかで事件は起こった。

夜。二千本の桜が咲き乱れ、散りしきる公園。どこもかしこも桜色の絨毯《じゅうたん》で敷きつめられている。その人目から切り離された一角で、胸を鮮血に染めて横たわっているのは諏訪星羅だ。

そしてその傍らに茫然と立ちすくみ、やはり血に染まった大きなナイフを両手で握りしめているのはタマキだった。

タマキの口は激しく震えていた。噛みあわない歯がカチカチと音をたてている。

そしてその口からは聞き取りにくい呟きが洩れていた。

「君が悪いんだ……君が悪いんだ……」

そして不意にタマキはすとんと膝を落とし、前のめりに額を地面にすりつけた。

そのまま大きく肩を震わせながら泣きじゃくる。そうするあいだにも夥しい桜の花びらが数珠《じゅず》繋ぎのように降りしきり、二人の姿をどんどん覆いつくしていった。

朧な暈を夜の闇に溶け滲ませながら降りしきる桜、桜、桜――。

もう二人の姿も見えない。

闇に舞う桜しかない。

桜はいつまでも降り続ける。

いつまでも。

いつまでも。

いつまでも――。

*

ほかの者が途切れがちにぽつぽつと喋っているさなか、フクスケが急にむっくりと蒲団から起きあがり、しばらく眼をパチクリさせていたが、

「ああ、変な夢見た」

吐き出すように言って肩を落とした。

「へえ、どんな夢？」

興味津々のタマキに、

「あんたが人殺しになってた」

「へ？」

すっかり熱もさがって、気分は悪くないらしい。それで訊かれるままにフクスケは夢の内容を語った。

「へええ、タマキとマサムネが？」

「何、何、何なの、その展開！」

「ほほう、そこで自分が死んでたと？」

「殺人事件じゃなかった？」

「えっ、あたしが殺されて？」

「取ってつけたような抒情的《じょじょうてき》なラストだな」

そんな声が次々にあがった末に、

「何で僕がそんな役まわりに？　それじゃまるで――」

タマキがめいっぱい眉をひそめて言いかけると、

「情欲の虜《とりこ》といったところだな」

タジオがクックックッと笑いを噛み殺した。

日常には戻ったが

そうこうしているところに階下から大声で人を呼ぶ声が聞こえ、驚いて全員が玄関ホールに駆けおりた。ライフジャケットで身を固めた中年の男が三和土《たたき》に濡れ鼠《ねずみ》で立っている。一瞬救助隊が到着したのかと思ったが、男は湖の対岸に住む管理人で、満田茂明《まんだしげあき》と名乗った。

こちらで起こった事件の連絡を受けたあと、霧をつっきって駆けつけようとしたがあまりの視界の悪さに一度は断念した。しかし警察も難渋しているということでやはり居ても立ってもいられず、とうとう意を決してやってきたのだという。

ただ満田が言うには、彼は湖畔《こはん》の西側を通ってここまで来たのだが、その途中、湖とは反対側の原始林のむこうから何やら人声のようなものが聞こえてきていたらしい。きっと県道を辿って警察か救助隊がここまで来ているのだろう。こちらの経路のほうがはるかに近道なので早く着いたが、彼らもおっつけやって来るはずだというのだ。

その言葉通り、それからおよそ三十分ほどたった午後七時過ぎ、警察と救助隊の一行が到着した。はじめは車を使うことも考えたが危険なので、のばした三百メートルのロープごとに拠点を作り、それを繰り返して少しずつ霧のなかを進んできたということだった。

フクスケが熱を出したが今はそれも落ち着き、全員に緊急を要するような健康上の問題はないとされたので、ただちに事件に関する事情聴取と現場検証が行なわれた。

驚くべきことに、検死の結果、橘の死は解剖を待たずして他殺と結論づけられた。延髄部分に錐状の細い突起物で刺された痕が見つかったのだ。ただでさえ髪で隠れていた上に、長時間の水没できれいに血抜きされて発見しにくくなっていたのは確かだと説明された。

「正夢じゃなかったね」

そっとタマキに言われたフクスケは、

「だから何」

傲然《ごうぜん》と胸を反らして睨《にら》みつけた。

いずれにせよ、殺人事件と断定されて事態はいっきに深刻さを増した。外部から殺人犯が来たのでない限り、やはりこのなかに橘を殺害した人間がいるのだ。そのくせ死亡推定時刻を含めて新たな事実は見つからなかったので、考えを進める足がかりが得られないままなのが何とももどかしかった。

「信じられない。このなかに殺人犯がいるなんて。きっと犯人はどうにかして外から来て立ち去ったんだ」

塚崎が洩らしたその言葉を誰もが信じたい気持ちだっただろう。

皮肉なことにその頃から次第に霧が薄らぎはじめ、すっかり夜の闇に包まれた八時過ぎには車両も続々と到着した。九時頃に彼らはいったん警察署に輸送され、多くの者は心配して駆けつけてきていた家族とそこで合流したが、タマキやフクスケもそうだった。そして指紋掌紋《しょうもん》を採取されたのち、いつでも事情聴取に応じられるようにしばらくは旅行などを控えるようにと念を押された上で解放された。

迎えが来ていなかったタジオとマサムネはタクシーで帰り、タマキは両親とともに電車で帰路に就いた。親は詳しい経緯を訊きたがったが、タマキは〈犯人あて〉のことなどにはふれず、表面的な出来事だけを説明した。やがてそれまでの疲れが出たのか、タマキはいつのまにかぐっすりと眠りこけていた。夢さえ見ない深い深い眠りだった。


香華大学ミステリクラブのメンバーにとってはそれどころではないだろうが、汎虚学研究会の四人にとっては次の日から普段通りの日常が戻ってきた。

とはいえ、それはあくまで周囲の状況に関してだ。頭はすぐに日常に戻れるわけがない。ただ、そうはいっても新しいとっかかりもない以上、放課後に部室で四人顔をあわせたところでこれといった推理も出ず、結局は普段通りの取りとめない話題を交わすほかなかった。

そんな日が二日、三日と過ぎたが、警察からは何の連絡もなかった。そして四日目にフクスケが「ああ、もう我慢できない！」と喚きだした。

「我慢できないって、どうするつもり？」

タマキがオズオズ首をのばすと、

「ミステリクラブのあの人たちと会う！　あたしたちはたまたま居あわせた部外者だから蚊帳《かや》の外に置かれてるけど、あの人たちには何か新しい情報が伝えられてるはずよ。まずはそれを訊くところからはじめる！」

するとつるつるに木目の浮き出た机の上で両手をΛ《ラムダ》の形に組んだマサムネが、

「大変な剣幕だが、ミステリクラブの彼らがそれを望んでいるかどうか。彼らとすれば、これ以上我々を巻きこみたくないと思うのが自然な人情だろうし、それでなくとも内輪の出来事はできれば内輪だけで処理したいだろうしね」

それにぐっと詰まったフクスケだったが、

「じゃあどうすんの。このままなりゆき任せで放っておくつもり？　もしかしたら迷宮入りになっちゃうかも知れないのに！」

「それはそれで仕方ないんじゃないかね」

フクスケはどうしちゃったのとばかりに天を仰いで、

「およそどんな謎でも首をつっこんでいくのが我が汎虚学研究会じゃないの？　まして乗りかかった舟なのに。ああ嘆かわしいったらありゃしない」

「そんなモットーが掲げられていたなどとは初耳だがね」

マサムネはヤレヤレと肩をすくめ、タジオもニヤニヤと笑ってばかりだ。フクスケはいきなりタマキの耳をひっぱり、

「どうもこちらさん方はやる気ゼロみたい。あたしたちだけでも舟を漕《こ》ぐわよ」

「アテテテテテ、暴力反対。漕ぐって、どうすんのさ」

「とりあえず連絡だけは取る。情報を訊き出して、それから考える！」

こうなったら誰もフクスケを止められない。タマキは道連れとなる運命を覚悟した。だがそんないっぽう、彼は彼で、あっさり部外者の立場を決めこむのはマサムネらしくないような気がしてならなかった。


「連絡取った？」

翌日、顔をあわせて第一声にそれを訊いたところ、

「取った」

「誰に？」

「倉科さん。こんなこともあろうかと、番号聞いてたから」

「さすが」

それによると、香華大学ミステリクラブのメンバーにもその後警察からの連絡はないらしく、みんな首を傾げているという。

「倉科さんの見解では、どうやら警察は内部犯説でなく、外部からの通り魔の犯行という見方を採ってるんじゃないかって」

「何かそれを裏づけるようなものが見つかったのかな」

「だったら何か発表がありそうなものだから、そういうことでもないんじゃないの。警察の眼から見て、内部犯より通り魔のほうが現実的ってことなんだと思う」

「……それも倉科さんの意見でしょ」

「まあね」

フクスケは悪びれることなく犬歯を覗かせた。

「でも、どうなんだろうな。通り魔なんてことある？」

それにはフクスケも渋い表情を交えて、

「可能性だけいえば、そりゃあるでしょうね」

「だけどそれだと〈犯人あて〉がどうとか、全然関係なくなっちゃうよね。橘さんはただ何の意味もなく殺されたことになっちゃう。そんなことあっていいのかな」

「そりゃあたしも理不尽だと思うよ。おかしな言い方だけど、同じ殺されたんなら、せめてうんと歯応えのあるミステリ的な殺人の被害者でいさせてあげたいと思うもんね」

　タマキもどんどん憂鬱な気分に浸されながら、

「普通の人はそんなふうに思わないのかなあ。僕らなんかは絶対そう思うよね。まして橘さんはゴリゴリのミステリマニアなんだし。通り魔なんて安直な殺され方はあまりに可哀想《かわいそう》だよ」

　思わず強い言い方になると、

「だけどそのいっぽう、通り魔でなければ内部に犯人がいるってことになっちゃうでしょ。それはそれで気が滅入る事態よね。特にミステリクラブの人たちにとってはたまらないと思うな。そう考えると、ほんと複雑」

　フクスケも暗い顔で口を曲げた。


「問いあわせの結果は聞いたよ」

　フクスケが放課後の部室にはいるなり、マサムネが何やら古い分厚い本に眼を落したまま呼びかけた。タジオはその向かいで机に足を投げ出してタバコを吹かし、タマキは窓枠に両肘をついて校庭を眺めおろしていた。

「タマキ、あんた、喋ったの」

「別にいいじゃない」

「……まあ悪いってことはないけど」

そうして、だから何という顔で向きなおったフクスケに、

「で、彼らと会うことになった？」

それには残念そうに、

「ちょっと打診はしてみたんだけど、何となくはぐらかされた感じ。やっぱりマサムネの言う通り、こっちを巻きこんじゃいけないという気遣いがあるのかな」

「もしも内部犯の場合は当然我々に害が及ばないよう配慮するだろうし、通り魔の類いだとすればそもそも知恵を寄せあうために集まる意味もない、というところかな」

「でも、それって凄い大雑把《おおざっぱ》な区分けじゃない？　犯人が外から来たにしても、純然たる通り魔とは限らないじゃない。はじめから橘さんを狙って来たかも知れないんだし」

フクスケが異を唱えたが、

「その場合はその場合で、我々が推理に加わって役立つことはないだろうがね」

そう言われて頭に手を巻きつけた。

そこでタジオも、

「ともあれ倉科さんの見立てでは、警察は外部犯の仕業と見なしてるんじゃないかってことなんだよな。俺もそんなことだろうと思うよ。てことは、もうこの事件は迷宮入りになる可能性が極めて大だな」

「今後、犯人がよほどヘマしてシッポを出さない限り、そうなんだろうね」

言いながらマサムネは読みかけていた本に眼を戻す。

「あたしもそんな気がする。せっかくあたしたちが現場に居あわせたっていうのに、犯人が分からずじまいになるなんて悔しいったらありゃしない」

やりどころなく口を尖らせるフクスケに、

「まあ現実の事件なんてそんなもんさ」

タジオはそう言って煙の輪っかを作ってみせた。

そんなやりとりをタマキはぼんやりした気持ちで聞いていたが、ふとかすかな違和感に駆られて振り返った。

タジオが作った煙の輪っかが大きくひろがりながら消えようとしている。

何だろう、とタマキは思った。

今しがた、自分は何に違和感を覚えたのだろう。

考えたが、よく分からなかった。

単なる気のせいかも知れない。妙な気配を感じて振り返ったが何事もなかったなんて、日常にもちょくちょく起こっている何でもないことだ。きっと今のもそれと同じだ。取るに足りない、何でもないことなのだ。タマキはそう思ってみたが、何となく割り切れないものを感じてならなかった。

だとしたらいったい何なのか。

分からない。

やっぱり何ひとつ分からない。

そしてタマキはそのつかみどころのなさが今度の事件そのものと似ているような気がした。

見える見えないの問答

「以前、普通の人には見えないものが見えちゃう人がいるって話をしたよね。シャーロック・ホームズの言葉だと、ただ見るだけの人と、観察できる人だったたっけ。そのことにもう少しこだわってみたいんだ。実際、もしもホームズがあの場にいたなら、あっさり十も二十も手がかりを見つけて、そのますぐに真相に辿り着いちゃうかも知れないいんだから」

タマキがそう切り出したのは事件からひと月ほど過ぎた、〈自主的泊まりこみ〉の夜だった。

彼らは時どきそんなふうに称して、汎虚学研究会の部室に寝泊まりしている。むろん学校には無断でだ。それをはじめたのはマサムネとタジオ。もともと二人は寮にいるので、こっそり抜け出して部室に泊まりこむことなど朝飯前だったに違いない。はじめは窓に箱入りの文学全集を積みあげて外に光が洩れるのを防いでいたが、やがて図書室で所蔵しきれなくなった書籍を大量に預かり入れたのを契機に貴重本の保護のためという名目で遮光カーテンを購入し、そうした面倒も解消したのだという。二人がこっそりそんなことを繰り返しているのを知って、タマキもすぐに戦列に参加。そうなると自宅組のフクスケも黙っておらず、「そんないいこと、あたしも交ぜてよ」と、たまに泊まりこみに加わるようになった。

人里離れた森のなかに建つ学園だけにセキュリティが緩く、フクスケにとってもいったん自宅で風呂をすませてから侵入するのはたやすいことだ。銘々毛布や枕も持ちこみ済みだし、誰がどこをベッドに使うかも先着順で決まっていたのだが、いつもは女でありながら女性を見下す物言いの多いフクスケが「当然女子には長椅子を明け渡すべきよね」と都合よくジェントルマンシップを要求し、結果、マサムネが先着権を放棄して、男三人は等しくテーブルを使うことになった。

そうしてその夜は事件以降、初めての四人揃っての泊まりこみだった。フクスケはとうに長椅子のなかで眠りに就き、タジオも十分ほど前に自分の寝床である部屋奥の古びた机に引きあげた。タマキも中央に二つ寄せたテーブルのひとつで毛布にくるまったが、すぐ横でまだ椅子に腰かけ、タバコを灰にしながら読書を続けているマサムネにそっと話しかけたのだった。

マサムネは眼だけちらとこちらに向け、

「これだけとっかかりらしいものが何も見つからない状況で君がそんなふうに考えたくなるのは分かるよ。その思考法自体がいかにも君らしいしね」

言いながら山になった灰皿に吸殻をねじつけ、三本目のペットボトルのコーヒーをぐびりと飲み、

「ただ、どうなのかな。仮にもミステリマニアを自任する人間があれだけ集まったなかで、しかも警察もそれなりに力を入れて捜査しただろうし、それでもそういう状況だということは、仮にホームズを連れて来ても何も見つからない可能性は高いんじゃないだろうか。もちろんこれはホームズ先生の能力に関わりなく、あくまで事件の側の事情としてだがね」

　そして新たなタバコに火をつけて、

「そもそも根本的な話をすれば、それが小説と現実の違いじゃないのかな。小説はあらかじめ手がかりが探偵にとって――ここでいう探偵は〈最後に真相を知る役割〉を含む広義のものだが――ともあれ探偵にとって具合よく準備され、配列されている。だが、現実はそんなものじゃない。それでも多くの場合、手がかりは大なり小なり残されているものだが、実際上それを検知することが不可能なケースも決して少なくないはずだ。結局、人間などに何の忖度《そんたく》も計らいもない現実の事件では手がかりが見つかるかどうかは常に危うい賭《か》けでしかないんだよ」

　煙を交えながらそう語った。

「この事件では手がかりは見つからないと……？」

「別に断言はしないがね。これから見つかる可能性もあるだろうし、誰かが何気な

い記憶からふとそれに気づく可能性もあるだろう。少なくともこれ以上事件に関われない立場の僕らとしては、その時を仄かな期待とともに待つしかないんじゃないかな」

タマキは口を噤み、考えこんだ。

そのとき、

「らしくないな」

部屋奥からタジオの揶揄《やゆ》を含んだ声があがった。まだ寝ていなかったのだ。見るとタジオは毛布を巻きつけたまま俯せになり、頬杖をついてこちらを見ている。

「ほほう、その心は？」

「いつものお前ならそんなに早ばやと試合放棄しないだろうってことさ。さっきのお前の言葉で言えば、これ以上事件に関われない立場などとあっさり切り捨てず、関わる方法を可能性だけでも考えるだろうし、誰かが何気ない記憶から手がかりに気づく可能性があるなら、自分こそ真っ先にそうしようと努めるんじゃないか？」

タジオのそんな言葉に、タマキは自分の胸の奥に燻《くすぶ》っていたものをそっくり代弁してもらったような気がした。

マサムネは読んでいた本をパタンと閉じ、五秒ほど間を置いて「参ったね」と呟いた。

タマキはなぜかしら背筋にひんやりしたものを感じた。

「君はそれを僕に求めようというのか？」

声の響きは決して固くはない。けれどもそこには深くて重い、何だか底知れないものが折り畳まれているような気がした。怒り？　悲しみ？　悔恨？　熱望？　失意？　自嘲《じちょう》？　もちろんそんなどれとも違う。そのくせ、そんなどれもが混じりこんでいるのかも知れない。タマキは急に胸が塞がる感覚とともに、ドキドキしながらやりとりの進行を待った。

「求めるというより、本来お前はそうだろうと言ってるんだがな」

「では言葉を変えて、君は僕が本来あるようにあれというのか？」

タジオは軽く首を傾げ、

「そうあれというわけじゃないな。あくまでそうでないのがらしくないと言ってるだけさ」

口ぶりにかすかな笑いを含ませた。

「求められているのは説明だけか――」

マサムネはその言葉を宙に放り投げるように言い、

「そうだな。では、この事件の真相が解明されるのを望まないからと言っておこう」

「解明を望まない……？」

タマキは思わず反復した。そしてその言葉を口に出すと同時に、何かがすとんと腑に落ちるのを感じた。

「ほほう、それはまたどうして？」

当然の如くタジオが尋ねたが、

「それにはむしろ僕のほうから訊いてみたいね。僕がそう望まない理由を何だと思うのか」

マサムネは不思議なくらい毅然《きぜん》と問い返した。

「こいつは意外な反撃だな。お前の側の事情を俺が推理しろってか。なかなかその内実までは言いあてかねるが、解明を望まないというからには最低限はっきりしていることがあるな」

「——それは？」

「お前には真相の見当がついてるってことさ」

タマキは雷に撃たれたように硬直した。世界ががらりと顔を変えたような感覚だった。

そうだ、これだ。これまでマサムネに対してずっとつきまとっていたモヤモヤした違和感——その根底にあったのはこれだ。そうだ、これで分かった。きっとそうに違いない。マサムネには既に真相が見えていて、だからこそそれが明らかになるのを望まなかったのだ。

だとしたらいったいその真相はどんなものなのか。世間一般に対してだけでなく、僕ら仲間うちにさえ——いや、タジオにさえ隠しておこうとするなんてよほどのことだ。何だろう。いったい何なのだろう。タマキは実際の肉体感覚としても咽から手が出そうな想いに駆り立てられた。

「さすがだね」

マサムネはぽつりと言い、

「もっとも僕の見当があたっているかどうかの確証はないがね。見当はあくまで見当だ。さて、ではここで改めて問い直そう。君は僕に解明を求めるのか？」

何かと何かが頭上でばちんとかちあい、火玉のようにとび散ったような気がした。緊張で胸がつぶれそうだった。けれどもタジオはふふんと鼻で笑い、

「いやいや、傍《はた》からとやかく言う筋合いはないもんな。お前が公開を望まないなら謹んでそれを尊重するよ」

あっさりそう言って、再び毛布にくるまった。

それで終わり？　追及はなし？　いや、もちろんタジオの言う通りだ。明かしたくないものを無理に強要する筋合いはない。だけどやっぱり、ここまで来れば知りたいと思うのが人情だ。

それにもうひとつ。途中からのやりとりは二人だけのものになってしまった。二人とも僕のことなんか眼中にないかのように。いや、こんなシチュエーションはしょっちゅうだから別にいいのだが。――タマキがそんな想いを嚙みしめていると、

「君にもこれで答になったかな」

マサムネが視線を戻して投げかけた。

「なったよ。でも、僕はタジオとは違う。やっぱり知りたいよ。君に見えてる真相は何なのか。どうしてそれを明かしたくないのか」

反射的にそう返したのはいくぶん対抗心めいたものも働いていたのだろう。マサムネは煙を長々と吹きあげ、眉間《みけん》のあたりを小指で掻きながら「参ったね」と呟いて、

「そこまでストレートに言われるとは思わなかったな。では、仕方ない。僕もストレートに言うよ。お願いする。それは訊かないでくれ」

頭をさげての言葉に、タマキはびっくりしてしまった。

「わ、分かった。そこまで言うならもう訊かない！」

慌てて手を振ると、マサムネは閉じた本をテーブルに置き、その上にそっと手を載せて、

「有難いね。ただ、そうはいってもきれいさっぱり忘れるわけにはいかないだろう。当然、知りたい欲求は捌《は》け口なく胸の底に燻り続けることになる。そんな軽くはない荷物を背負わせるのも本意ではないし、いつしか溜まり溜まったそれがおかしなかたちで暴発しないとも限らないしね。だからせめて君にはひと言だけつけ加えておこうと思う」

「ひと言？」

「そう。世の中には知らないほうがいいことというのが確かにある。例えば君にとってはどんなことがあるか、その一つ二つについて想いを巡らせてみるといい。それが僕からの提言だ」

タマキは言われた言葉をしばらく頭のなかで転がしてみた。それが知りたい欲求を軽減する秘訣《ひけつ》というわけだろうか。

「分かったよ。そうしてみる」

「いい子だ」

マサムネはにっこりと頷き、いったん置いた本をまた手に取った。

灯りはデスクスタンドひとつきりだ。また新たな一本に火をつけ、その煙がゆっくり内側に巻きこむような動きを見せながら立ちのぼる。厚い遮光カーテンは光だけでなく、音を遮る効果も大きいのだろう。あたりはしんと静まり返って、聞こえるのはマサムネが持ちこんだ卓上の空気清浄機の音だけだった。

「違う話だけど、いい？　いや、全然違う話でもないけど」

しばらくして、タマキは再び声をかけた。

「何かな」

「とにかくやっぱり君には見えてたわけだよね。その中身はいいとして、どうしてそれが君には見えたのかなって。ホームズのいう観察の仕方が僕にはよく分からないんだ。君にはどんなふうにものが見えてるの？　僕らと何が違うんだと思う？」

マサムネはあはっと声をあげ、

「これはまたずいぶんストレートな質問だ。でも、やっぱり買い被りすぎだよ。同じものを見て僕だけが特別な情報を得たわけじゃない。たまたま僕だけが得られた情報があっただけのことさ。フェアでないのは申し訳ないが、そこも小説と現実の大きな違いだ。不思議なことは何もないのさ」

「君だけが得られた情報……？」

その言葉を繰り返し、タマキは何かを拒むように首を振った。

本当にそれだけなんだろうか。だいいち、マサムネだけがある情報を得られたというのはどんなシチュエーションなんだろう。

汎虚学の四人はだいたいいつるんで行動していたし、特にタジオは始終マサムネとくっついていたが、それでももちろんそういう機会がなかったとは言えない。二階の欄干からふと見おろした光景、食堂あたりでたまたま見つけたメモ書き、彼の角度からだけ見ることのできたある人物の些細《ささい》な行為——そんなところまでは完全に共有できないし、行方不明の橘を建物じゅう捜索した時間帯にはそんな機会が腐るほどあっただろう。

それにもうひとつ不思議なことがある。真相の公開を避けている理由は犯人の身を慮ってと考えるのがいちばん普通だろう。だけどマサムネが犯人に対してそうする理由はどこにあるのだろうか。

もともとマサムネと犯人のあいだには繋がりがあった？

でなければ、一目惚《ひとめぼ》れにも似た犯人への強い好意のせい？

あるいは橘が殺害されるのも当然なくらいひどいことを犯人にしたという、そんな裏事情まで知った上でのこと？

もともと繋がりがあったのなら納得するしかないが、それにしてはその相手であるようなそれらしい素振りを誰も見せていないのが不思議だ。

一目惚れの類いもおよそマサムネらしくない。

裏事情のケースも、どうしてそこまで詳しい内容を知り得たのかという疑問が残る。それともマサムネは真相を見抜いた時点で犯人とコンタクトを取り、そのあたりの告白を聞いたのだろうか。

タマキがそんな考えを忙しく巡らせていると、

「どうも、ある種の人間には人と違ったものが見えるという観念を捨てきれない様子だね」

マサムネはコーヒーで咽を潤し、

「一般論としてそれは間違いなくそうだと思うよ。必ずしも凡人と天才といった区分けではなく、人は慣れ親しんでいる文化によって見えるものが違う。同じ一枚の絵を見ても、絵画に詳しい者は実に様ざまな意味合い、背景、美点や欠陥、評価の切り口などといったものを汲《く》み取ることができる。同じ茶席にひっぱり出されても、気の利いた茶人ならそこにこめられた趣向を縦横に読み取って娯《たの》しむことができる。熟練した釣り人なら魚の動きが刻々と察知できるし、狩人なら獣の動きが読めるだろう。もっと早い話、数学者なら数式が理解できるし、アメリカ人なら英語が分かる。そう考えていくと、この世は人によって見え方が違うことだらけだ」

「……そうやって相対化するつもり？」

タマキが言うと、マサムネはかくんと首をのけぞらせた。

「そんなつもりはなかったが……いや、やっぱりそうなのかな。ともあれ、人によってものの見え方が違うのはごくごくありふれた事柄だ。人と人とのコミュニケーションを難しくさせている最大の要因がそこにあるともいえる。けれどもそれだけ至るところで見え方が違っているのに、これだけたいした混乱なく人の世が成り立っているのは逆にその違いがトータルとして高だかのものだからともいえるんじゃないかな。いずれどんぐりのせいくらべ。僕はそう思うんだよ」

「……何だか騙されそうだ」

タマキは必死に頭を回転させ、

「それを似たり寄ったりと見るか、大きな凸凹《でこぼこ》と見るかはそれこそ見る側の主観的な事情によるんじゃないの」

そう言い返すと、マサムネは愉快そうに大きく頷いて、

「うん。君もなかなか負けてはいないね。それも全く仰せの通りだ。要は僕の立場

表明に過ぎない。そしてその上で言っておこう。確かにまず大事なのはこの世に表出する様ざまな差異に眼を向け、それについて考えてみることだ。所詮そうした差異などたいしたことはないなんて、差異について考えつくした最後の最後まで言うべき言葉でないと思う」

タマキはますます混乱させられ、

「また何だか騙されそうだ」

「いや、本当だよ。だから僕がどんぐりのせいくらべと言うのは極めて確信犯的なものだと思ってくれていい。確信的でなく、確信犯的だよ。まあ、こうした表明が君の疑問への反論になっているとも思わないが」

タマキは頭に手をやり、その頭をぐりんぐりんとまわしてみた。

タジオはもう寝たのだろうか。まだ起きていて、このやりとりを聞いているのだろうか。彼ならこの会話にどう口を挿むのだろう。そしてフクスケなら？

そっとそちらに視線を滑らせてみる。ジャージ姿のフクスケは布張りのユニットソファを三脚並べた上ですやすやと眠りこけている。毛布の上半分は申し訳程度に肩を覆っているが、下半分は股で挟みこむように掻き寄せているので、抱き枕としての効能のほうが大きいだろう。ほつれた髪が無造作に頬にかかって、その部分の白さがひどく印象的だ。

そういえばさっき話に出た差異のなかでいちばん身近で普遍的で、そしてもしかしたら最も強力なものが性差だ。

あのとき、フクスケも懸命に答を導き出そうとしていた。彼女も彼女なりに自分に見えるものを見ようとしていたのだろう。この僕はどうなのか？　この僕にしか見えないものはあるのか？　あるなら僕も彼女くらいには懸命に探るべきじゃないか。——たとえ、それがマサムネの望まないことだとしても。

僕だけに見えるもの。

僕だけに見えるもの。

僕だけに見えるもの。

それはいったい何だろう。

いっしんにそう繰り返しながらフクスケの寝顔をじっと見つめているうちに、ふと胸の底で何かがかすかにざわめきだすのを感じた。

コレハ誰ノ夢ナノダロウカ？

真っ当には読み取れないものを読み取ろうとしてきたのが人間の歴史そのものではなかったか？

例えば明日の風向き。サイコロの出目。収穫の多寡。世界の成り立ち。神の御心。運命。人はどこから来て、どこへ行くのか——。

人がそのために利用したのが様ざまな知見とロジックだ。そしてロジックにも様ざまなものがある。日常のロジック、学問のロジック、人のロジック、神のロジック、現実のロジック、夢のロジック。それらが渾然《こんぜん》と織り交ざって生きのびているのは読み取り難いものを何としてでも読み取りたいという願望の強さを物語るものだろう。

そして今度の事件の場合、置かれた立場からしても、もはや真っ当な方向からの読み解きは困難だ。開示された材料のなかに余剰として含まれるのはあの〈犯人あて〉しかないのだから。

ただ、それは余剰でありながら、あまりにも意味ありげに眼の前に横たわっている。あたかもほらほらここに隠された謎があるんだぞ、早く読み解いてくれないかと言わんばかりに。

ならば、せっかくのその誘いに乗ってみるべきではないか。つまりは現実の事件と〈犯人あて〉の事件のあいだの関連を読み取ること。残された道筋はそれしかない。

端的に言って、〈犯人あて〉の事件の犯人は本栖だった。その一連の行動を時系列にそって並べるとこうなる。

本栖は同じ寮の田舎に帰省中の友人の車を無断で借り出し、夜中の三時前に保養所へ向から。保養所に到着し、殺害対象の山中を誘い出したのが四時半。それから速度違反で捕まったりしないよう、運転に気をつけながら後輩の西の家へ向から。

時間に余裕を持たせて六時半頃に西の家の裏に車を停め、山中を殺害。そののち、あらかじめ誤配するよう仕組んでおいた花束の届け人に西が応対している隙に、本栖は山中の死体を西の車のトランクに移す。この際、小説の最後で仄めかされていたように、事前に西の車から読み取っておいたキーレスキーの信号を使ったわけだ。そうしておいて大急ぎで寮に戻り、使った車を返しておく。

約束通り、西は七時半に寮で本栖を拾い、そのまま九時に保養所に到着する。あとは隙を見て死体を西の車から運び出し、山中の部屋に移し終えればアリバイ完成というわけだ。なお、友人の車を使う際、出入りはコンビニの監視カメラに映らないよう、寮の裏口を使う必要があるだろう。また、念のために友人の車のガソリンをもとの量に戻す必要があるとしても、それは友人が寮に戻るまでにすませておけばよい。

この死体移動トリックを使えば西にも同じように犯行は可能だ。実際、西を犯人としたのが不時子、塚崎、星羅、フクスケの四人。それに対して本栖を犯人としたのは倉科、タジオ、マサムネの三人だった。ただ、西が犯人の場合は花束の誤配が全くの偶然か、もしくは自分のアリバイを強固にするために西自身が手配したことになる。しかし後者の場合、殺害や車のトランク詰めなどで遽しい直後にそんな危なっかしい方法を選ぶよりも、その時刻にコンビニで買い物をするくらいのほうがよほど安全で確実だろう。

そういうわけで、全員で答あわせをしたあのとき、犯人を西とした者たちも、犯人を本栖とした者たちの推理の内容を説明されると、そちらのほうが〈犯人あて〉の解答としてふさわしいと素直に認めたのは自然ななりゆきだった。

問題はその小説『読んではいけない』と現実との対応関係だ。諏訪星羅はそのまま諏訪星羅、橘聖斗は山中達也で問題なく、新藤不時子は精進佳奈美、倉科恭介も十和田彰彦でいいだろう。塚崎は対応するのが河口栄太か本栖忠幸かはっきりしないが、本栖が犯人というところから、逆にそれに該当するのは塚崎しかいないと決めつけていいかというのが大きな分岐点だった。

作者の橘が想定していたのは塚崎＝河口という対応関係で、本栖には合宿不参加組のなかの全く別の人物を対応させていたか、あるいはそもそも対応する人物はなしとしていたかも知れない。そう考えれば、ダミーの犯人である西に対応関係がないのだから、真犯人である本栖に関してもそうしたというのはいちおう釣りあいが取れている。

また、仮に橘が本栖を塚崎に対応させていたとしても、それによって現実の事件の犯人も塚崎とするのはあまりに乱暴すぎるだろう。橘は現実に事件が起こって自分が殺されるなどとは予想していなかったはずで、まして自分を殺害する人物と小説の犯人を対応させるなどという離れ業は、できるとも思えないし、そんなことをする必要性もないだろう。

結局、そういった直接的な事柄からは現実の事件の真相を窺うことができない。残るは動機の問題――すなわちあの『読んではいけない』のなかに現実の殺人事件の動機に関わる記述が含まれているというケースだ。その関わり方にもいろいろあって、端的に動機の内容そのままが書かれている場合もあるだろうし、書かれている内容が殺害動機の引き金になったというケースもあり得る。考えればもっとほかにもあるかも知れない。いずれにしても、その部分を橘が意識的に書いたか、そうでなかったかを問わずだ。

これもまたずいぶん危うい、頼りない可能性というほかないだろう。もとよりそんな内容があの小説に含まれている保証はどこにもない。言ってしまえば、ミステリ小説ならありがちなその種のことが現実でもあれば面白いという倒錯した願望でしかないのだから。

倒錯――？

そう、倒錯だ。ひっくり返っている。

ただ、あえかな望みは『読んではいけない』が紛れもないミステリであり、橘自身も明確にその意識で書いたという点だ。であるなら、そんな倒錯があらかじめ織りこまれている可能性はいくぶんなりとも見こめるのではないだろうか？

改めて振り返ると、この『読んではいけない』では作者の言葉として、動機に関しての手がかりは全くないと明言されているし、現にそれらしい記述は何度繰り返し読んでも見あたらない。この『読んではいけない』内の事件は動機の問題をいっさい捨象したところに成立しているのだ。そんななかに現実の事件の動機に関わる記述が含まれているとすれば、直接その動機の内容が書かれているのではなく、どこかに殺害動機の引き金になるような記述があったというほうが可能性は高いのではないかと思える。

そうなると、犯人にとって知られたくないことが書かれていたというケースが真っ先に浮かぶ。さらにいえば、その知られたくない内容が問題篇に書かれていたという場合と、解答篇に書かれていることが犯人には察知できたという場合に分かれるだろう。

さて、犯人にとって知られたくない内容が既に問題篇に書かれていたという場合だが、これだけの数の人間が眼を通し、頭をひねっているにもかかわらず、それらしいものがさっぱり見えてこないということがあるだろうか？

では次に、犯人にはそれが解答篇に書かれていると察知できたという場合だが、これだけの人間が眼を通し、頭をひねっているにもかかわらず、それらしいものがさっぱり見えてこないということがあるだろうか？

こちらはあるかも知れない。前者は分量的にもかなりまとまった文字数が必要だろうが、後者の場合、犯人にだけピンとくればいいのだから比較的少ない文字数でいいはずだ。――そんな過程を経て、後者がより確からしいと見当がつく。

では、その内容は何か。犯人にとって、人を殺してまで明るみに出るのを阻止したい事柄とは何なのだろう。そしてそれが解答篇に書かれているはずだと犯人はどうして察知することができたのか。

犯人の立場に立って考えてみよう。解答篇にはどんなことが書かれていると想像できるか。

犯人には『読んではいけない』の真相が分かったと仮定してみる。その場合、解答篇には最前述べたように本栖による犯行手順が時間順に説明されると予想できる。

そこに列挙されるはずの特徴的な要素をあげていくと──。

まずは本栖も運転ができること。これに対して、合宿に参加した香華大学ミステリクラブのメンバーのなかで運転ができるのは免許だけ持っていた橘と自分の車で来ていた倉科の二人。

次に本栖が住んでいる学生寮。これは実際の香華大学の近くにもあって、そこをモデルにしているらしい。そもそも『読んではいけない』の宝条大学は香華大学をそっくりモデルにしたものと考えていいようだ。実際の寮の部屋数は四十六。駐車場の数は十三。大通りに面した表門のほか、裏門もある。ただし、実際の寮の表門はコンビニに面してはいない。ちなみに実際の香華大学ミステリクラブのなかにその寮に住んでいるのは一年生の男が一人だけいるが、それほど熱心な会員ではなく、橘との繋がりもほぼないらしい。

本栖が山中を殺害する方法だが、発見された死体の首にビニール紐が深く巻きついたままになっていたことから、はじめからその紐で絞殺したという設定だろう。場所は西の家の裏に着いたあと、車のなかでと考えるのが普通だが、もしかすると人目につかない別の場所に立ち寄り、そこで殺したとするほうが安全かも知れない。

そして花束の誤配。花束を指定時間に指定場所へ届けるサービスを利用する。これに西を数分間対応させることで車への死体の移動がスムーズに行なえる。

これにはさらに、車の盗難や車上荒らしのための装置を使う。トランクを開くために、事前に読み取っておいたキーレスキーの信号で西の車を開錠するわけだ。なお、保養所に到着後もトランクから死体を出すために、もう一度開錠する必要がある点に注意すべきだろう。

ざっとこういうところだろうが、このなかで最も異物感があるのはキーレスキーの信号の読み取り――ないしは車の盗難や車上荒らしという要素ではないだろうか。

車の盗難や車上荒らし。

そう。もしかすると犯人は信号読み取りの手口を使って、実際にそうした犯罪に手を染めたことがあるのでは。いや、さらにはその常習犯ではないだろうか？

もう少し想像をふくらませて、こんなふうに考えてみてはどうだろう。犯人はその手口を使って車のドアを開錠したことがある。そしてその相手というのもミステリクラブ内の人物である。橘はどういう経緯かでその事実を知った。そもそも信号の読み取り云々の手口の存在を知ったのもそれがきっかけだったかも知れない。犯人はその事実が明るみに出るのを――特に車を開錠した相手に知られるのを何としても避けたかった。だから犯人は橘を殺害することで、いっきに問題の解決を図ったのだと。

こう考えれば、犯人がその手口を使った相手は車を所持していたのだから、合宿参加者内で該当するのは倉科恭介以外にいない。ただし橘と倉科以外は運転免許を持っておらず、犯人もそのなかに含まれるはずだから、盗みの対象は車自体ではなく、何らかの金品と考えたほうがいいだろう。いや、もしかすると開錠の目的は盗みですらなかったかも知れない。例えば盗聴器や盗撮カメラの類いを仕掛けるだとか——ほかにもストーカー的な、様ざまないかがわしい行為が考えられるだろう。であるならば、そのことを相手に知られたくない想いはいっそう強いものになるはずではないか。

そうだ。これが推察できる唯一の道筋に思える。だとしたら、犯人は——？

候補は既に三人になっている。新藤不時子、塚崎史朗、諏訪星羅の三人だ。このなかで倉科に対するストーカー的行為というのに最もぴったりあてはまるのは——。

不時子はキャラとしてもしっくりこないし、関係性としてもいささか近すぎるような気がする。塚崎の場合はストーキング行為の目的がさしあたり不明で、それを新たに考慮しなければならない。しかし星羅なら？

星羅ならどうだろう。

西でなく本栖だというときにそうだったように、正解に突きあたったときには特別な手応えがあるものだ。そしてこれがまさしくそうではないか。

そうだ。思えばフクスケの夢の最後の部分もこういうことだったに違いない。フクスケ自身、熱に浮かされてたまたま異様に頭が働いている状況でのことなので、自分が辿り着いた道筋もきれいに忘れてしまったようだが。

何か読み抜けはないだろうか。

星羅は『読んではいけない』の答あわせのとき、犯人を西と推理した。これは現実の事件の犯人が『読んではいけない』の犯人を本栖と見抜いたとする仮定に反しているると反論されるかも知れない。しかし『読んではいけない』の真相を見抜いたからこそ殺害動機が生じた犯人が真相を見抜いていることを素直に表明するはずがない。星羅が西を犯人としてあげたことは、積極的ではないにせよ、むしろ星羅が犯人であることの傍証でさえあるのだ。

どうだ。これでとうとう動機から切り離された『読んではいけない』から犯人と動機まで導き出した！

そこで凄まじい炸裂音《さくれつおん》が連続した。クラッカー？　爆竹？　夥しい紙吹雪が弾け散り、見渡す限りの空間を埋めつくした。歓声。ファンファーレ。幾多の手がさしのべられ、握手を求めてきた。見ると、そのなかにフクスケがいた。タジオがいた。マサムネもいた。肩を叩かれ、頭を叩かれ、背中をどやされて揉みくちゃになる。酌み交されるシャンパン。乾杯に次ぐ乾杯。嵐のように湧きあがる拍手。賞賛の声。降りそそぐそれらの声でたちまちずぶ濡れになった。

ピエロがいる。馬に乗った騎士がいる。王侯貴族や貴婦人がいる。魔法使いがいる。踊り子がいる。囚人がいる。宇宙飛行士もいる。パレードだ。そんななかでフクスケが裸なのにちょっとびっくりした。タジオもほとんど裸だった。

いつか汎虚学ではない連中と下ネタ話をしたことがある。女とヤッたことがあるか。オナニーはどのくらいのペースでやるか。いちばん頻繁に使うオカズは何か。どんなシチュエーションがいちばん掻き立てられるか。自分のなかの変態要素はどんな種類でどの程度か。そんな話だ。そしてタジオもその場にいた。

そういう話題になったとき、率先して自分のことをあけっぴろげに言う奴がいないと、盛りあがることなくすぐ終わってしまう。そのときはそういう奴が二人もいたので、みんなつられるようにどんどん話がひろがった。

驚いたのは、十人ちょっといたなかで、オナニーすらしたことがない奴が四人もいたことだった。訊いてみると、その四人はどうやらそもそも性欲を感じることがあまりないらしい。最近は草食系がどうのと言われているが本当にそうなんだと、僕なんかにしてみれば信じられなかった。

そのことはオナニーのペースに端的にあらわれている。ほとんど毎日というのは二人だけで、そのうちの一人が僕だった。二日か三日に一度というのが五人。週に一度くらいというのが一人。確かタジオは二、三日組だったと思う。僕の場合は日に一回とは限らない。三回も四回もやることがある。最高は七回だったか。そんなときは自分でもちょっとおかしいんじゃないかとあとで思ってしまう。このときの話で、やっぱり僕はかなり性欲が強いのだと思い知った。多分、自分のキャライメージとは全然違うので、恥ずかしくてこんなことはさすがに言えなかったが。

性癖についても全部を打ち明けるのは抵抗があった。かなりのMで、掻き立てられる妄想は実際に好きな女子や憧れのアイドルたちに裸で磔《はりつけ》にされてあれこれ責め嬲《なぶ》られることだ――というくらいまではいいかと思って喋ったが、本当にいちばん掻き立てられるのはネトラレで、自分の彼女や妻や憧れのヒロインが思いきり醜悪で頭も性格も最低な筋肉モリモリの巨根男にさんざん弄ばれてメロメロにさせられてしまうといった種類の妄想が最高のオカズなのだから。

あのときは自分のことばかり気にしていたが、思い返すとタジオが告白した性癖もなかなか風変わりだった。現実としては同性愛的傾向はないが、妄想のなかでは男女問わず、不条理に殺害される被害者に同化することで最高に興奮するんだと。

あのときフクスケはいなかったし、女が交じっていないことであんな告白ごっこが成立したのは間違いないが、その上でもしもフクスケがあの場にいたら、すぐに怖気《おぞけ》を震ってイチ抜けただろうか。それとも普段の男前ぶりを発揮して、あっさりその話題に加わっただろうか。できれば聞いてみたかったな。彼女がどんな性癖を告白するかを想像するだけで何だかムズムズと性感が昂《たか》まってきてしまう。やっぱり相当なSだろうか。それとも意外に全く違う側面を隠し持っていて、モンスターと番《つが》いにされて毎晩お客の前で見世物で交尾させられる妄想がいちばん燃えるなんてことを聞いた日には僕も頭がはち切れそうになってたまらずトイレに駆けこみたくなるだろう。いや、そんなことは宇宙が三回くらい滅亡しても決してあり得ないだろうが。
　そしてマサムネなら――。

　そこでふと疑問が割りこんだ。

　ふと、ではあるけれども、ピンと張った一本の細い糸が頭を貫いた感覚だった。

　星羅が犯人だとして、マサムネはどうしてそれが公表されるのを望まないのか？　そんな理由がいったいどこにあるのか？

　勢いでついついなおざりにしてしまったが、そこを通過しなければ解決したと胸を張って言えない関門だ。

　今回初めて会って以降、マサムネが星羅に特別な感情を抱いたというのはいくら繰り返し思い巡らせても馬鹿げている。とすると、やはりマサムネと星羅にはもともと何らかの繋がりがあったのか？　星羅のほうはその繋がりをまるで認識していなさそうだったのに？

　いずれにせよ、ただ関係があったというだけで口を噤んでしまうこと自体がマサムネらしくない。そのらしくなさを乗り越えさせたからには、よほどの関係性でなければならないはずなのだが。

　結局ここで躓《つまず》いてしまう。しかも訊いてくれるなとマサムネに明言されている以上、この先はもう進展させようがない。

いや、星羅に尋ねるという手段は残っている。マサムネとの関係をではなく、ストレートに犯人はお前だろうと。しかし、これだけのことでQEDを宣言していいのだろうか。

駄目だ。全然足りない。この限定された雁字搦《がんじがら》めの条件下ではこれしかない筋道だと思うが、結果だけがごろんと転がっているのみで、それを支える説得的な材料はまるでないのだから。

そう思うと、ふくらんだ気勢が急速に萎んでいった。パレードは四散し、草木は枯れ縮み、砂山は崩れ落ち、星屑《ほしくず》はほろほろと消え去った。あとにはシャンパンのコルクがひとつ、みじめに転がっているばかり――。


そもそもを踏み違えているぞ。


何だって？

振り仰いだのは野外でなく、巨大な伽藍《がらん》のなかだった。細かく分割された天井が鋭角に傾斜してゴシック的ににょきにょきとのびあがっている。荘厳な音楽。低音で揺さぶり立て、うねくる上下行で官能を引きずりまわし、高音ではるかな天上に連れ去ろうとする。整然とした格子状の闇に淡い光が斜めに射しかかって、遠くほどぼんやりと霞んでいる様がうっとりするくらいに法悦的だった。

後方からとんできた火球が頭上の何かと衝突して炸裂し、五つ六つの光の帯を描いて地に墜《お》ちた。海に墜ちた火は赤く明滅し、野に墜ちた火は青く燃え燻《くすぶ》った。

誰の声かはほとんど問題でなかった。それが超越的なものであるというだけで充分だ。だけどその内容は大問題だ。踏み違えている？　何を？　分かりきったことだ。道筋だ。

世界は巨大な蝶《ちょう》の翅《はね》だ。青紫の輝きを放つ巨大な翅。地平線の彼方《かなた》まで続いている。網目をなして走る無数の翅脈《しみゃく》。その分岐のひとつを選びそこなえば確かに違うところに辿り着いてしまうだろう。しかしそんなレベルでさえない。そもそも出発点を大きく間違えていると言っているのだ。

だとしたら立ち戻らなければならない。だけど、どこへ？　あの『読んではいけない』に何らかの手がかりが含まれていると仮定した時点に？　結局は現実の事件と〈犯人あて〉の事件のあいだに何らかの関連を期待したのが間違いだったのか？

多分、それもそうなのだろう。だけど、どうやら問題はそこでもないと言っているようだ。

では、ほかにどこがある？　踏み違いの出発点はそこしか思い浮かばないのだが。いったいどこにそんな踏み違いのポイントがあったというのだろう。

この事件は確かに殺人だよな。間違いなく現実に起こって、犯人も実際にいるんだよな。被害者は〈犯人あて〉出題者の橘で、犯人は――。

いや待て。

そういうことなのか？

そこが間違いのはじまりだったのか？

地面が罅割《ひびわ》れ、バラバラに切り離される。地面と思えたものは水に漂う浮き島が寄り集まったものに過ぎなかったのだ。その繋がりはたやすく損なわれ、流氷のように散りぢりになってしまう。ひとつひとつに人の重みを支えるだけの余力はない。たちまち足場を失って横倒しに水に落ち、跳ねあがった皮膜が投網のようにぱあっとひろがった。

そんな。まさか、そんなことって——。

新たに突きつけられた結論の恐ろしさに血が凍った。

こんなにも世界は一変するのだろうか。

こんなにも恐ろしい貌《かお》で牙を剝くとは。

そうだ。これまでのことでさえ充分恐ろしいと思っていた。だけどそうではなかった。所詮はどこまで行っても他人事だったのだ。だけどもこうなるとまるで事情が違ってしまう。胸のなかにじかに手をつっこまれ、心臓をつかみあげられた感覚だった。

では、では、犯人は——。

犯人は——。

それ以上考えるのをやめたかった。本当に恐ろしいときはそうなのだと初めて知った。だけどその先はあまりにも単純で平易だ。二人はただちに除外される。そして残りの候補を比較すれば、もうほとんど火を見るよりも明らかだ。

マサムネが真相の解明を望まなかったのも当然だ。まさか、まさか、こういうことだったなんて――。

いや、違う。これは単なる疑惑だ。星羅が犯人という以上に何の証拠もない。ただマサムネの問題をクリアできるという利点しかない。

駄目だ。もう支えきれない。世界をひとつに凝集しようとする表面張力が失われていく。境界が滲み、薄まり、朧ろに溶け崩れていく。ほろほろと。ほろほろと――。

そしてぽっかりと夢から醒めた。

深い葦《あし》原《はら》のなかで

目覚めたときにはもう誰もいなかった。それぞれの毛布もすっかり片づけられている。時計を見るともう一時間目の授業の途中だ。普段ならひと声かけてくれてもいいじゃないかとブツブツぼやいているところだが、そんな気にもなれないまま、のろのろと着替えにかかった。

二時間目の授業の寸前に教室にはいった。隣の女子と楽しそうに喋っているフクスケに真っ先に眼が行く。その次に、窓際の席からぼんやり校庭を眺めているタジオ。そして席に着こうとしているときに最後列のマサムネと眼があった。

一瞬眼が泳いだが、着席したあと、またすぐ吸い寄せられるように視線があった。そのままどれほどおかしな見つめあいが続いただろうか。やがてマサムネはひょいと腰をあげ、つかつかとこちらに近づいて、いきなりこちらの胸倉を鷲づかみにした。

度肝を抜かれて声も出せなかった。ぐいと立ちあがらせたかと思うと、引きずるようにして教室の外に連れ出していく。無言のうちに素早く行なわれたので、そんな動向にほかの者がどれだけ気づいたか分からなかった。

廊下に出てもマサムネの勢いは止まらない。階段でも有無を言わせずぐいぐい引っぱられるので、足が縺れそうになって「ねえ、ああ、ちょっと」と悲鳴に近い声をあげた。中央玄関で上履きから靴に履き替えさせられ、そこから裏庭側を通って西側の土手へと向かう。そして丈高く繁った葦原の奥まで来たところでようやく手を離され、つんのめって尻餅をついた。

マサムネはその正面に蹲《しゃが》みこみ、まじまじと顔を覗きこんだ。息がかかるくらいのその近さにドギマギしながら、

「結局二時間目もサボらせちゃうわけ」

そんな台詞で照れ臭さを押し隠した。

「それくらい、上等じゃないか」

マサムネはそう返し、なおも二十秒ほど穴のあくほど凝視を続けて、不意にスキャン完了といわんばかりに顔を離した。そして自分も尻餅をつき、大きく空を振り仰いで、

「ついに君もそこに至ったか」

放りあげるように呟いた。

「……やっぱりそういうこと」

自然、声が沈みこむ。

「犯人はあっちのサークル内じゃなくて……こっちにいるっていうんだね」

そして、

「あれは……タジオの」

そこまで言ったとき、マサムネはさっと掌《てのひら》を突き出して止めた。

「でも、今でもやっぱり信じられないよ。そんなことって。いったいどうして？　君ははじめから分かってたの」

マサムネはこちらを窺いつつ、引きちぎった葦の葉を指に巻きつけたりほどいたりしていたが、やがてほっと溜息をついて、

「いったん疑念を持たれたからには仕方ない。君には正直に言っておこう。分かっていたというよりは惧《おそ》れていたというほうが近い」

「惧れていた？　あれが起こったとき、すぐにタジオの仕業じゃないかと思ったわけ？　それってつまり、そんなふうに疑う理由があるってことだよね」

マサムネは一拍置いて、

「ああ。奴は世に言うシリアルキラーだからな」

「シリアルキラー？　今までにもう何人も殺してるってこと？　そんな、そんな、そんな――」

自分が誘い出した言葉とはいえ、背筋に冷たいものが這いのぼった。

「今までいったい何人殺したっていうの」

「さあ、分からない。何となく認識している範囲では、少なくとも二人」

「いったい、どうして」

「理由は特にないだろう。そうせずにいられない、まあ病気みたいなものだからな」

「君はそれを黙って見逃してる？」

「ああ。そうすることに決めた」

「それでいいわけ？」

「いいと思っているわけじゃない。殺人を見逃すこと自体、刑事的にはどうあれ、人道的にはあってはならないことだからね。ただ、それでも僕はそちらを選択したんだ。言っておくと、僕との交流を続けることで奴の衝動を抑えられるんじゃないかという淡い期待もこめてのものだったんだがね。しかし、こうなってしまうと、笑い話にもならない己惚《うぬぼ》れだったな」

　マサムネは忌々しげに吐き捨てた。

「君はどうしてそのことを知ったの？」

「奴とは小学校からのつきあいだ。はじめはうすうすだったが、そのうち確信に変わった」

「君がそれを知ってるのを彼のほうも承知してる？」

「恐らく。はっきり訊いて確かめたわけではないが、そのはずだ」

「それでも今回、彼はそれをやったわけ？」

「残念ながらね」

「で、君はこれからも見て見ぬふりを続けるの？」

「ああ、その方針は変わらない。いったんそういう選択をしてしまった僕の、それが最大の弱点だ」

そしてマサムネはゆっくり身を乗り出し、

「そこで君にお願いする。このことに関して口を噤んでいてくれないか。もちろんこれはあくまで僕の勝手な要望だから判断は君の自由だが」

再び真正面に顔を向けながらも視線はやや下に泳がせた。

なぜだかぞっとした。そのくせ頭にカッと血がのぼって、訳の分からない感情に囚われた。こんなマサムネは見たことがない。そして見たくもなかった。

「分かった。誰にも言わない。フクスケにも。彼にも！」

間を置かずに答えると、マサムネは心底ほっとしたように首《こうべ》を垂れた。

「すまない」

「そんなふうに言わないでほしいな。それより、彼のこれまでのことも知らないでいるほうがいいんだろうか。実際、知りたくてウズウズしてるのが正直な気持ちだけど」

それにはマサムネもちょっと躊《ため》いがちに、

「訊く権利はあるんだろうね。そうなれば僕もできるだけ誠実に答えるが――」

こちらもそれにしばらく考えて、

「いや、やっぱりやめておくよ。訊いてロクなことがないような気がする。あらかじめ君のほうから言っておくことがあるなら聞くけど」

「さてねえ。ひとつ、君やフクスケに害が及ぶことはないのは約束しておくよ。それは君もそう思うだろう？」

「でなきゃ危なくてつきあってられないものね。だけど、どうなのかな。君が見てきたところ、どんなとき、どんな人が危ないのか傾向はある？」

マサムネは体の向きを変え、葦の葉を口に咥えた。

「僕の知る範囲では、はじめの二件にははっきり共通性があった。だけど今回はまるでそれがない。だから僕にも全く予測がつかなかった」

「共通性がない？　だったら今回は彼が犯人じゃないと思わなかったの？　それでも君が彼の仕業だと確信してるのはなぜ？」

「それは分かるさ。奴の素振りや口振りからね。もしも奴の仕業でないなら当然言ったりやったりするだろう言動もない。何よりそれ以前に、大学側の人たちから怪しげな空気がいっさい感じられなかったし」

「てことは、君もはっきりこれだという動かぬ証拠をつかんでるわけじゃないんだ」

すかさずその点を追及したが、マサムネは口に咥えた葉を弄びながら、

「客観的にはそう言って差し支えない。僕個人にとってはそれで充分だったからね」

あっさりそう切って捨てた。

「そうか。ほかならない君が言うんだからそうなんだ」

「そんなにあっさり信用してくれるのもどうかな。さっきも言った通り、奴の衝動を抑えられるという僕の見込みは見事にはずれたからね」

「君も万能じゃないって分かってちょっと安心したよ。見込みははずれたけど、そのへんを修正して今後の対処方法を探っていくんだろうから、それでいいんじゃないの。とにかく彼のことは君に任せるよ。僕はこれまで通り頭を空っぽにしてつきあう。君にあっというまに見抜かれたように、彼にも見抜かれるかも知れないけど、それによってどうこうはないんだよね？」

「ああ。問題は本当にこれまで通りにいられるかという君側の事情だ」

マサムネが喋ると、咥えたままの葦の葉の先が揺れる。

「……重いね」

思わず知らず溜息が混じった。

「考えれば考えるほど重いな。でも、君はずっとそれを一人で背負ってきたんだね。僕がそれに加わったけど、それで君の負担が軽くなるわけじゃないのが残念だ」

そして自分もすぐそばの葦を引きちぎった。改めて振り仰ぐと抜けるような青空だ。一片の雲のかけらさえない。じっと眺めていると、どこまでも真っ逆さまに墜ちこんでいきそうだった。

「僕はずっと不思議だったんだ。齢《とし》は同じなのに君と僕とでどうしてこんなにも違うんだろうって。もちろんそもそもハードが違うってのは分かってるけど、それにしてもやっぱり不思議だった。でも今、その一部がちょっと分かった気がする。きっと通過した量だったんだ」

「通過？」と、マサムネは不思議そうな顔をした。

「そう。通過儀礼って言葉があるじゃない。あの通過だよ。人はいろんなものを通過して成長していく。きっと君はそれが量も質も並はずれてるんだ。そしてそんななかでもとりわけ大きいのがこれだったんじゃないかな。――うん。きっとそうだよ。やっと分かった」

「人間、あくまでどんぐりのせいくらべだと僕は思うんだけどね」

　マサムネは言って、

「ところで、どうして君は奴の仕業だと思い至ったのかな。そこを知りたいね」

　あっさりと話題を切り換えた。それに対して夢のことを詳しく説明すると、

「そうか、そんな夢を。で、そんな性癖談義が実際にあったのか」

「恥ずかしながら」

「奴がそんな場でそんなヒントを洩らしていたとは意外だったたな」

　マサムネも空を見あげた。風が吹いて、周囲をすっぽり埋めつくした葦がざわざ

わと鳴っている。

「それにしても夢って不思議だね。昔から夢のお告げとかよく言われてるけど、これもそのひとつと考えていいのかな」

するとマサムネはゆるゆると空から眼を戻し、

「以前から夢というものについて考えていたことがあるんだが、それをここでちょっといいかな」

こちらも葦の葉を咥えたのを了承の合図と受け取ったように切り出そうとした、まさにそのとき、

「こんなところにいたか」

ガサガサと葦原を掻き分ける音とともに姿を現わしたのはタジオだった。

そう。タジオならいち早く二人の不在に気づき、授業などそっちのけで捜索にかかるのは充分考えられたことだ。今来たばかりなのは本当らしく、これまでの話を聞かれなかったことにはほっとしたが、マサムネがなぜこんなかたちで自分を連れ出したか怪訝に思っているのは確かだろうと考えると、そちらではひやりとした。

「いったい夢がどうしたって？」

少し離れてタジオは坐りこみ、さっそくタバコを取り出して火をつけた。

「ありふれた夢談義だよ」

マサムネは葦の葉を捨て、自分にもくれという仕種をした。タジオは今吸いつけ

た一本をマサムネに手渡し、新たな一本に火をつけた。

「古来、夢というものの不思議さは人びとにとっての大きな関心事だったし、数知れない作家たちがそれをテーマに作品をものにしているね。もちろん真正面からそのメカニズムを解明しようとする研究も心理学や脳生理学において重ねられてきている。だけど、やっぱりまだまだよく分かっていないというのが現状じゃないかな」

「だな」と、相槌《あいづち》を打つタジオ。

「そこで僕は論理学——夢の論理学という部分に絞って考えたんだ」

「夢の論理学？　何だかカッコいいね」

こちらもあえて言葉を挿んだ。

「もちろん夢を見ている最中はたいがいの場合、自分が夢を見ているという自覚はないよね。つまり、夢のなかにいるときは自分なり世界なりを支えているロジックが覚醒時のロジックとは非なるものだと自覚できないわけだ。しかしいったん眼が覚めてから振り返ってみれば、夢のなかでは何の違和も感じることのなかった夢のロジックが通常のロジックとまるで違うことはいちいち検討するまでもなく明らかだよね。で、これはいったい何なのか、どうして夢と覚醒時でそんな違いが生じるのかという点を考えてみたいんだよ」

そこでマサムネは深く吸った煙を時間をかけて吐き出し、

「実は、その因って来たるところはごくごく単純なことじゃないかと僕は思うんだ。

それは短期記憶や超短期記憶を固定し保持しようとする機能が睡眠時は失われてしまうという点だよ。補足すると、短期記憶というのはせいぜい数十秒保持される記憶で、電話番号をその場限りで暗記するときなどはこれによる。また、超短期記憶は感覚記憶とも呼ばれ、せいぜい数秒間保持される記憶だ。これらよりも長いスパンに関しては、数分の記憶も数十年に亙《わた》る記憶も長期記憶に属する。夢を見ているあいだ記憶を長期化する機能が大幅に低下しているのは、眼が覚めたときに素早くしっかり思い返そうとしない限り、夢の記憶はどんどん泡のように消えていってしまうことからも明らかだろう」

「確かに」と、タジオ。

「では、短期記憶や超短期記憶が長期記憶化されずにどんどん失われていくことから、いったい何が起こるのか。例えば夢に特有なひとつの典型的事象として、舞台空間の流動的変化があるね。ひと繋がりの話の流れなのに、はじめは学校の教室のなかだったのが、いつのまにか電車のなかになっていて、さらにいつのまにかどこかの穴倉のなかが舞台になっていたりする。しかも夢を見ているあいだはその変化を奇異に思わず、眼が覚めたあとよくよく思い出してみて初めて変化自体に気づくといった具合だ。そしてこれこそ、それぞれの舞台が記憶として保持されず、その時どきの話の流れに似合った舞台が立ちあがってくることによるわけだが、こうしたことが舞台空間に限らず、例えば話の脈絡、登場人物の行動、自分自身の思考内容に至るまで、あらゆる側面で起こっていると考えられる」

そしてマサムネは一拍置くと、

「結局、局所局所ではそれなりにロジックは繋がっているんだが、延長していくとおかしなことになってしまう。それが夢で起こっていることの正体であり、ほぼすべてなんだ。はじめから夢の論理学という固有のシステムがあるわけじゃない。記憶が短期しか保持されないという生理学的な制約によって、結果的にそれを超える範囲の整合性が損なわれているだけなんだよ」

そんなふうに締め括《くく》った。

「なるほど」

頷くタジオに続けて、

「でも、けっこうきちんと理屈の通った夢もあったような気がするけど」

ちょっとした異議を唱えてみたが、

「もちろん、すべての夢がとりとめないものになり果てるわけじゃない。それにうまく脈絡が繋がった夢ほど印象的で、目覚めたときにしっかり憶えておこうとするチャンスに恵まれやすいだろう。それにもうひとつ言っておくと、ひと繋がりの短期記憶が維持される時間が数十秒だとして、それくらいの時間内にけっこうな量の論理の繋がり――例えばひとつの幾何学的な問題の証明といった――そんな全体がひとまとまりに想起されるのは充分あることだし、超短期記憶が維持される数秒単位においてすら決して珍しいことではないだろう。そしてそれだけの量的まとまりを持った論理が数十秒も続けば、振り返って夢全体としてかなり理屈が通っていたと回顧されるケースも往々にしてあるんじゃないだろうか」

そんな説明ですべて納得しきれたわけではないにしても、それ以上反論するつもりは毛頭なかった。

「結局、そういうからくりで、観念連合優位の夢の論理学が成立するってわけか」

「そう。ただ、そこでの観念連合は決して積極的・能動的なものではなく、忘却による絶え間ない欠落を絶え間なく穴埋めしようとする補完作用が結果的に観念連合と見えるものを呼び寄せているだけという気もしていて——どうもそのあたりは僕もなかなか突き詰めて内省しきれずにいるんだけどね」

それがマサムネのひとまずの結論のようだった。

「面白いな。面白いよ。ただ、もしもこれが話の結末に来るとしたらどうなんだ？　俺が読者なら大いに不満だね。そんなことはいいから、肝腎の問題に決着をつけてくれと声を大にして言うだろうな」

そのタジオの言葉に、マサムネは大きく眼を剝いた。心底からの驚きの表情だった。少なくともそんな表情を浮かべたマサムネを見たことがない。マサムネはなおもまじまじと相手を見つめ、何秒もかけてゆっくり首を横に振ると、

「君がそれを言うかね」

五十六億七千万年後の誰もいない一点に向けてのように投げかけた。あらゆるものを通過しつくした五十六億七千万年後の一点に。

そう、そこには誰もいない。

もちろん君も——そして僕もだ。

初出
「メフィスト」２０１８ＶＯＬ.２～２０１９ＶＯＬ.２
単行本化に際し、改題（連載時タイトル「読んではいけない　汎虚学研究会２」）、加筆修正しました。

竹本健治（たけもと・けんじ）
1954年兵庫県生まれ。大学在学中にデビュー作『匣《はこ》の中の失楽』を伝説の探偵小説専門誌「幻影城」に連載し、1978年に幻影城より刊行。日本のミステリ界に衝撃を与えた。以来、ミステリ・SF・ホラーと幅広く活躍し、ファンから熱狂的支持を受けている。また天才囲碁棋士・牧場智久を探偵役としたミステリ長編『涙香迷宮』で「このミステリーがすごい！」2017年版国内編第1位、第17回本格ミステリ大賞に輝く。近著に『狐火の辻』がある。

これはミステリではない

第1刷発行　2020年7月13日

著者　竹《たけ》本《もと》健《けん》治《じ》
発行者　渡瀬昌彦
発行所　株式会社講談社
東京都文京区音羽2-12-21　〒112-8001
電話　出版　03-5395-3506
販売　03-5395-5817
業務　03-5395-3615
本文データ制作　凸版印刷株式会社
印刷所　凸版印刷株式会社
製本所　株式会社国宝社

定価はカバーに表示してあります。

ISBN978-4-06-519976-3
N.D.C.913 239p 19cm